Paul de Kock, A. Kretzschmar

Pariser Intrigen, oder die Familie Braillard

Dritter Teil

Paul de Kock, A. Kretzschmar

Pariser Intrigen, oder die Familie Braillard
Dritter Teil

ISBN/EAN: 9783743481848

Hergestellt in Europa, USA, Kanada, Australien, Japan

Cover: Foto ©Andreas Hilbeck / pixelio.de

Manufactured and distributed by brebook publishing software (www.brebook.com)

Paul de Kock, A. Kretzschmar

Pariser Intrigen, oder die Familie Braillard

Pariser Intriguen,

oder:

Die Familie Braillard.

—⋄—

Humoristischer Roman

von

Paul de Kock.

———⋇———

Deutsch

von

A. Kretzschmar.

....

Dritter Theil.

Pest, Wien und Leipzig, 1861.

Hartleben's Verlags-Expedition.

Erstes Capitel.

Die Rückkehr der Cavalcade.

Als der Thee das Unwohlsein der Madame Cabet wieder ein wenig vertrieben hat, ruft sie ihre Kammerzofe und sagt zu ihr:

»Julie, Du wirst zwei Schlafzimmer in Stand setzen — eines für Herrn und Madame Rogille, das andere für diese Dame, die Freundin meiner Nichte.«

»Wie, diese Leute sollen alle hier schlafen — das ist eine schöne Schererei!«

»Den englischen Jockey müssen wir auch unterbringen.«

»Den kann man in eine Dachkammer stecken.«

»Nein, wie es scheint, lieben die Engländer die Dachkammern nicht.«

»Wo sollen wir ihn dann hinbetten?«

»Hinter der Küche befindet sich ein kleines Cabinet — Du wirst darin ein Gurtbett aufschlagen.«

»Was das für eine Menge Störung macht! Haben Sie schon gesehen, Madame, in welchem Zustande der Garten ist?«

»Sprich mir nicht davon, Julie; — das sind diese verwünschten Pferde — o! o! — ah! ah! —«

»Was fehlt Ihnen denn?«

»Es ist noch ein Ueberrest von meinem Unwohlsein — ha! mich soll Niemand wieder Tabakrauchen sehen.«

»Und Sie riechen wie ein Stadtsoldat.«

„Gib mir eine Flasche Eau de Cologne, um mich damit zu benetzen. Dann sage Katharinen, sie solle mit ihrem Diner ein Viertel auf Sechs fertig sein, nicht später! Wir haben die Familie Montrognon zu Tische, und Herr Montrognon kann nicht länger warten — es macht ihn krank."

„Mein Gott, diese Masse Menschen! Die Montrognons sind drei Personen. Ihre neuen Gäste sind drei und hier fünf — das macht eilf Personen!"

„Und vielleicht kommt auch noch ein intimer Freund meiner Nichte, Herr Archibald."

„Na, daß die Zahl nur nicht auf dreizehn steigt — das wäre noch das Allerbeste."

„Was macht denn Herr Rogille gegenwärtig?"

„Er ißt noch immer — er ist nicht vom Tische aufgestanden — diese Leute essen alle auf eine wahrhaft fürchterliche Weise."

„Ach, mein Gott — o! o! — ah! ah!"

„Immer wieder, Madame?"

„O, wie bereue ich es, geraucht zu haben!"

Gegen drei Uhr langt die Familie Montrognon be Madame Cabet an.

Diese Familie besteht aus dem Vater, einem ehemaligen Lohgerber, einem kolossalen Manne, der eben so dick als lang ist, und dessen Bauch gerade so aussieht wie der Buckel eines Polichinell. Seine Nase und sein Kinn ragen in demselben Verhältnisse vor. Von diesem Koloß vernimmt man seltsamer Weise eine ganz dünne Fistelstimme, welche einem Kinde anzugehören scheint.

Dieser Herr behauptet sehr schwächlich zu sein und

will, daß die Stunde seiner Mahlzeiten so fest geregelt sei wie ein Blatt Notenpapier.

Hierauf kommt Madame Montrognon, eine kleine Frau, die Platz in der Tasche ihres Mannes hätte, eine Frau, welche von aller Welt Uebles spricht, das Hundertste in das Tausendste hineinschwatzt, und Geschichten anfängt, die sie niemals beenden kann.

Endlich completirt sich die Familie durch Mademoiselle Artemisia; ein langes, hageres, spitzknochiges Mädchen mit rothem Haare und einer spitzigen Nase, ohne Wimpern und Augenbrauen.

Madame Cadet ist ungeheuer höflich gegen ihre Nachbarn, welche sich nach allen Seiten hin umschauen und sagen:

»Nun — wo ist denn Herr Braillarb? Und die liebenswürdigen Kinder — der artige Erupère und seine Schwester Aurora?«

»Und Ihr Stiefsohn, Herr Isidor?«

»Sie sind alle ausgeritten.«

»Wie — auf wirklichen Pferden?«

»Ja, liebe Nachbarn, denken Sie sich, daß meine Nichte, Madame Rogille, heute Vormittag mit ihrem Gatten und einer ihrer Freundinnen — einer höchst eleganten Modedame — hier anlangte. Sie kamen in einer prächtigen Calesche mit zwei ebenfalls prächtigen Pferden bespannt. Nach dem Frühstücke wünschten die Damen einen Spazierritt zu machen; mein Stiefsohn verschaffte ihnen Pferde aus dem Dorfe —«

»Konnten sie denn nicht ihre eigenen prächtigen Pferde nehmen?« fragt Madame Montrognon in spöttischem Tone.

„Nein — wie ich höre, gehen. Wagenpferde blos im Wagen."

„Und Herr Cadet Braillard ist auch mit zu Pferde gestiegen?

„Nein, mein Mann hat sich eben so wie die Kinder mit einem Esel begnügt — das ist mir auch lieber — ich bin ruhiger."

„Warum sind Sie denn auch nicht mitgeritten?"

„Ich erwartete Sie — ich wollte bleiben, um Sie zu empfangen."

„O, unsertwegen hätten Sie sich nicht zu geniren gebraucht — Montrognon hätte mittlerweile ein Schläfchen gemacht — ich hätte mit meiner Tochter Siam gespielt — Artemisia ist eine leidenschaftliche Verehrerin dieses Spiels und auch sehr geübt darin. Sie hoffte vor dem Diner mit Herrn Isidor eine Partie zu machen."

„Ich glaube, sie werden bei guter Zeit wieder da sein."

„Wir diniren um fünf Uhr, nicht wahr, Frau Nachbarin?" sagt der ehemalige Lohgerber mit seiner Fistelstimme.

„Lieber Nachbar — eine Viertelstunde müssen wir, der Damen wegen, schon zugeben, aber keine Minute länger."

„Zum Teufel, zum Teufel! Fünf und ein Viertel Uhr, das ist schon sehr spät — das ist für mich sehr störend — ich habe einen sehr schwachen Magen, ohne daß es so aussieht."

„Allerdings, wenn man Sie sieht, sollte man es nicht glauben."

Herr Rogille, der endlich mit dem Frühstücken fertig ist, tritt in den Salon und begrüßt die Gesellschaft.

„Mein Neffe, der Gatte meiner schönen Nichte," sagt Madame Cadet.

»Und Sie sind auch nicht mit ausgeritten, mein Herr?«

»Nein, Madame, ich habe mich niemals an's Reiten gewöhnen können. Archibald wollte mir es zeigen, aber ich fiel allemal herunter. Ich sagte zu Archibald: Wenn kein Platz mehr im Wagen ist, will ich viel lieber hinten aufstei=gen, als reiten.«

»Wer ist Archibald?« fragt Madame Montrognon in gedämpftem Tone ihre Nachbarin.

»Es ist sein intimer Freund und auch der intime Freund seiner Frau.«

»Ah, sehr schön — ich verstehe.«

»Ich möchte gern Siam spielen,« sagt Mademoiselle Artemisia, indem sie auf ihrem Stuhle herumhüpft.

»Wohlan, meine schöne junge Dame, das ist sehr leicht. Herr Rogille, spielen Sie Siam? Können Sie eine Partie mit Mademoiselle machen?«

»Ich habe es allerdings noch niemals gespielt, aber ich glaube, ich werde es sehr bald lernen.«

»Für mich ist es ein verbotenes Spiel,« sagte der ehe=malige Lohgerber, »man muß sich dabei bücken — nieder=knien — das gibt meine Corpulenz nicht zu. Und Ihnen Mutter Cadet, kann dieses Spiel auch nicht sehr zusagen — wir haben beide uns ein wenig zu gut genährt.«

Die dicke Dame konnte es durchaus nicht leiden, wenn man sie Mutter Cadet nannte. Sie sagt zu Rogille:

»Gehen Sie doch mit Mademoiselle —«

»Ich werde auch mitgehen,« sagt Madame Montrognon. »Ich will auch mit Siam spielen. Ich kann mich bücken— o, mich genirt nichts.«

»Drei ein halb Uhr,« sagt Herr Montrognon, indem

er nach seiner Uhr sieht; „zu welcher Stunde kommt die Cavalcade zurück?"

„Ganz genau weiß ich es nicht; mein Mann aber, der
mit dabei ist, weiß, daß wir uns ein Viertel auf sechs Uhr
zu Tische setzen wollen. Sie werden uns nicht warten lassen.
Ihre Tochter wird alle Tage größer, lieber Nachbar. Denken
Sie noch nicht daran, sie zu verheiraten?"

„Sie zu verheiraten — hm — damit hat es keine
Eile. Ueberdies bin ich ein guter Mensch und ein guter
Vater — ich habe nur diese eine Tochter und ich will, daß
sie glücklich werde. Ich habe mir mit dem Lederhandel etwas
verdient, Artemisia bekommt eine schöne runde Aussteuer
und wenn sie eines Tages zu mir sagt: „Väterchen, der und
der junge Mann gefällt mir," so werde ich sagen: „Nun so
heirate ihn, und mach der Sache ein Ende."

„Ach, das nenne ich gesprochen wie ein guter Vater!
— Nachbar, ich will Ihnen etwas sagen, aber wohl verstanden, streng unter uns —"

„Wir sind ja auch ganz allein, Nachbarin."

„Ja, aber ich meine, daß dies eine Sache ist, die noch
nicht ausgeplaudert werden darf."

„Na, legen Sie nur los, Mütterchen, legen Sie los."

„Ich vermuthe stark, daß mein Stiefsohn Isidor in
Ihre Mademoiselle Tochter verliebt ist."

„Wirklich — Sie glauben —"

„O, Sie wissen, daß die Frauen in dergleichen Dingen
eine feine Nase haben. Ich habe Isidor auf sehr vielsagenden
Blicken ertappt, die er nach Mademoiselle Artemisia warf.
Ihre Tochter ist sehr hübsch."

»Hm! Allzuhübsch wohl nicht — sie hat ein wenig rothes Haar —«

»Das ist eine sehr vornehme Farbe — mit einem Worte, wenn die jungen Leute einander liebten —«

»Ihr Stiefsohn ist ein ganz hübscher artiger Junge. — Na, Mütterchen, ich glaube, darüber wird sich noch mehr plaudern lassen — doch stille! — ich glaube, man kommt zurück.

In der That kommt Artemisia mit ihrer Mutter und Herrn Rogille zurück. Die junge Dame ist ganz außer sich und ruft aus:

»Es ist in einem schönen Zustande, Ihr Siam — die Kegel sind zerbrochen, der Boden ist zerstampft, man findet nicht mehr die Stelle, wo man das Spiel aufsetzt.«

»Was ist denn in Ihrem Garten vorgegangen, Madame Braillard? Er ist ja ganz zerstampft und durchwühlt?«

»Ach, mein Gott, Madame, die Pferde meiner Nichte sind daran schuld. Während man einen Stall für sie suchte, sind sie darin herumgaloppirt.«

»Ha, die prächtigen Pferde! Das ist ein Besuch, der Ihnen theuer zu stehen kommen wird.«

»Ich habe es Archibald schon oft gesagt,« bemerkt Rogille, »Ihre Pferde sind zu feurig — über kurz und lang werden sie mit dem Wagen durchgehen.«

»Ah, die Pferde und der Wagen gehören Herrn Archibald,« antwortet Madame Montrognon mit spöttischer Miene.

Madame Cadet schleudert Augusta's Gatten wüthende Blicke zu, dieser aber achtet nicht darauf, sondern hebt wieder an:

»Ja — ja, er hat ein sehr schönes Besitzthum bei Lagny. Wir befinden uns seit einiger Zeit dort. Wir sind dort wie zu Hause. — Ich gehe mit Archibald auf die Jagd — ich bin sein Treiber — ich spüre ihm das Wild auf. Zuweilen gehe ich auch ganz allein angeln, er liebt das Angeln nicht — ich dagegen bringe ganze Tage damit zu; dann aber leistet Archibald mittlerweile meiner Frau Gesellschaft. O, wir amüsiren uns sehr gut!«

»Mein Gott, wie dumm doch dieser Mensch ist!« sagt Madame Cadet bei sich selbst, während Madame Montrognon spöttisch vor sich hinlächelt.

»Jetzt ist es schon halb fünf Uhr,« sagt Herr Montrognon nach einigen Minuten, »und Ihre Reiter kommen immer noch nicht wieder.«

»Sie können nicht mehr lange bleiben — überdies ist es jetzt um fünf Uhr ja auch beinahe ganz dunkel.«

»Ich begreife nicht, wie eine Dame sich auf ein Pferd setzen kann,« sagt Mademoiselle Artemisia; »es ist so gefährlich und man kann auf ganz geschickte Weise herunterstürzen.«

»O, Mademoiselle, meine Frau und ihre Freundin fallen niemals herunter. Sie thun es jeder Kunstreiterin gleich. Mein Freund Archibald, der doch ein sehr guter Reiter ist, kann es meiner Frau zuweilen nicht gleich thun. Sie setzt ihr Pferd in wahnsinnigen Galopp — er folgt ihr von Weitem — und zuweilen lockt Augusta ihn so weit, daß sie den ganzen Tag nicht wieder zum Vorschein kommen.«

»Wird er denn gar nicht aufhören, uns von seinem Archibald vorzuschwatzen?« murmelt Madame Cadet.

»Da schlägt es Fünf!« spricht Herr Montrognon; »ist schon gedeckt?«

»Ja wohl, Nachbar, ja wohl! Beunruhigen Sie sich nicht — sobald unsere Leute da sind, brauchen wir keinen Augenblick länger zu warten.«

»Aber ich will auf Niemanden warten. Es thut mir leid, aber Sie sagten mir ein Viertel auf sechs, nicht später und sobald es Viertel geschlagen hat, setze ich mich zu Tische.«

»Es ist sehr eigenthümlich, daß sie noch nicht da sind.«

»Es wird ihnen ein Unfall begegnet sein, die Pferde sind vielleicht durchgegangen — die Esel sind vielleicht ge= stürzt.«

»Ach, Herr Rogille, Sie sind grausam mit Ihren Vor= aussetzungen«.

Es vergehen noch zehn Minuten und es kommt Nie= mand zurück, dennoch wurde es beinahe Nacht. Der ehe= malige Lohgerber erhebt sich, nachdem er auf seine Uhr ge= sehen, indem er sagt:

»Es ist Viertel, setzen wir uns zu Tische.«

Madame Cabet ist augenscheinlich sehr ärgerlich und sagt zu dem kolossalen Herrn:

»Aber, lieber Nachbar, nur noch einige Minuten, ich bitte blos um noch fünf Minuten, denn ich bin überzeugt, daß sie kommen werden. Ich muß Sie daran erinnern, mein lieber Herr Montrognon, daß wir zwei Damen erwarten, zwei elegante und schöne Damen.«

»Ach, was frage ich denn nach Ihren Damen, soll ich mir ihretwegen Magenkrämpfe und Verdauungsbeschwerden zuziehen, oder vielleicht gar eine Diarrhöe, die kein Ende nimmt? Wer warten will, kann warten, ich für meine Person lasse mir die Suppe auftragen.«

Und der ehemalige Lohgerber begibt sich in das Speisezimmer und setzt sich zu Tische. Madame Cabet erklärt, daß sie noch warten wird. Die Damen Montrognon, um ihr gefällig zu sein, wollen auch noch warten.

»Ganz, wie Ihr wollt,« sagt der dicke Herr, »ich aber speise.«

Der Nachbar hatte schon seine Suppe zu sich genommen und steht eben im Begriff, Steinbutte zuzulangen, als man lautes Hufgetrappel im Hofe hörte.

»Ah, da sind sie endlich!« ruft Madame Cabet, und eilt aus dem Speisezimmer hinaus, um die Cavalcade zu empfangen.

Sie erblickt aber im Hofe weiter Niemanden, als die beiden Damen und ihren Stiefsohn. Die kühnen Reiterinnen haben jede ihren Hut verloren, den ihnen der Wind genommen hatte. Die blonde Angelina und Augusta kommen daher mit wild flatterndem Haare zurück, was ihnen ein beinahe diabolisches Ansehen gibt.

Die Damen lachen aber laut, während sie vom Pferde steigen und einander ansehen.

»Ach, meine Damen, wie lange sind Sie doch geblieben, ich war schon sehr unruhig, aber ich sehe ja meinen Mann und meine Kinder nicht? Was haben Sie denn mit diesen gemacht?«

»Wie, liebe Tante, sind sie nicht schon lange wieder da?«

»Nein, durchaus nicht. Sie haben sie also verlassen?«

»Meine werthe Dame,« sagt Angelina, »wenn man

zu Pferde ist, pflegt man nicht bei Personen zu bleiben, die
auf Eseln sitzen, umsoweniger als Ihr Mann und Ihre
Kinder sich so langsam vorwärts bewegten, wie Schildkröten.
Wir ließen sie kurze Zeit, nachdem wir das Dorf verlassen
hatten, hinter uns. Was aus ihnen geworden ist, was sie
gemacht haben, das ist ihre Sache. Dafür aber stehe ich Ih=
nen, daß ihre Thiere nicht durchgegangen sind.«

»Wie, Isidor, Du weißt nicht, was aus deinem Va=
ter geworden ist? Du hast ihn und meine Kinder nicht
überwacht?«

»Madame, ich war auch zu Pferde; ich folgte diesen
Damen, ich glaubte nicht, daß mein Vater meiner bedürfe,
um seine Esel zu regieren.«

»Das ist ja schändlich, das ist abscheulich! Mein Mann
und meine Kinder sind verloren und es ist schon beinahe
Nacht! Wir müssen Fackeln nehmen und sie überall suchen.«

»Fackeln!« ruft Angelina lachend. »Ha! wenn Sie
in diesem Dorfe Fackeln fänden, das sollte mich sehr
wundern.«

In dem Augenblicke, wo Madame Cabet ihre Dienst=
leute rief und wollte, daß alle sich aufmachen sollten, um
die ausgebliebenen Reiter zu suchen, hört man einen Esel
schreien, dem bald ein anderer Esel antwortet. Dieses
Concert erweckt allgemeine Aufmerksamkeit.

»Da kommen die Esel! — Sie sind es!« sagt Ma=
dame Rogille.

In der That sieht man endlich Herrn Cabet zu Fuße
ankommen, während er die beiden Esel führt, auf deren
jedem eines von seinen Kindern sitzt.

Aber dieser Schwanz der Cavalcade kommt in einem

kläglichen Zustande zurück. Der Papa hinkt und sein Bein=
kleid ist an beiden Knieen zerrissen. Monsieur Crupère hat
eine ungeheure Beule an der Stirn, und Mademoiselle
Aurora hat sich die Nase beschunden. Ueberdies sind der
Vater und die Kinder mit Schmutz bedeckt.

»Unglückliche — was ist Euch begegnet!« ruft Ma=
dame Cadet. »In welchem Zustande sehe ich Euch wieder!«

»Ach, liebe Frau, wir konnten nichts dafür. Mein
Esel wollte den Pferden nachlaufen — er stürzte und warf
mich in einen Graben; ein wenig weiter hin stürzte der Esel,
auf dem die beiden Kinder saßen, und warf sie in die Pfütze.
Crupère hat sich eine Beule gefallen und Aurora hat sich die
Nase beschädigt. Es kostete mir viele Mühe, sie wieder auf
die Beine zu bringen — ich glaubte, wir blieben alle Drei
auf der Stelle. Auf dem Rückwege habe ich meinen Esel
an Crupère überlassen und die verwünschten Thiere am Zü=
gel geführt. Wir sind aber ganz langsam gegangen — da=
durch haben wir uns eben verspätet.«

»Na, das ist eine schöne Vergnügungspartie. — Ach,
mein Gott! — verwünschter Spazierritt!«

»Na, Tantchen, beruhige Dich, es hat ja Alles weiter
nicht viel zu sagen — Crupère's Beule und Aurora's Nase
sind morgen sicherlich schon geheilt. Setzen wir uns zu
Tische — das Reiten macht Appetit!« sagt Angelina.

»Kommen Sie, meine Damen. Herr Montrognon
wollte nicht warten. Ich hatte ihm gesagt, daß man ein
Viertel auf Sechs speisen werde und mit dem Schlage setzte
er sich zu Tische — er kann einmal seine Essenszeit nicht
ändern — es macht ihn krank.«

»Er ist nicht sehr galant, Ihr Herr Trognon, aber von

einem Menschen, der einen solchen Namen trägt *), muß man einmal Alles erwarten.«

»Herr Cabet, wollen Sie denn mit Ihrem an beiden Knieen zerrissenen Beinkleide vor Ihren Nachbarn erscheinen? — und Sie sind auch ganz mit Schmutz bedeckt.«

»Doxia, man sieht doch, daß es ein Unfall ist — die Gesellschaft wird mich entschuldigen. Am meisten ärgert mich, daß ich bei dem Sturze in den Graben einen meiner schönen Knöpfe verloren habe.«

Zweites Capitel.

Eine Nacht- und eine Zipfelmütze.

Alle Welt begibt sich in den Speisesaal. Die Damen Montrognon betrachten mit Ueberraschung die beiden schönen Reiterinnen, welche mit aufgelöstem Haare eintreten. Der ehemalige Lohgerber erhebt sich nicht, um die Gesellschaft zu begrüßen, denn er ist eben im Begriffe, eine Gräte aus seinem Fische zu ziehen.

Angelina lächelt, indem sie zu ihrer Freundin sagt:

»Er ist sehr artig, dieser Herr, — das scheint auch eine hübsche Familie zu sein — die Tochter schaut aus wie eine angeputzte Mohrrübe!«

»So schweige doch; um so mehr werden wir uns amüsiren.«

---

*) Trognon bedeutet im Französischen Kohl- oder Kraut-
strunk.   A. d. Ue.

Alle Welt setzt sich zu Tische, Madame Cadet hat ihren
Stiessohn neben Mademoiselle Artemisia gesetzt. Madame
Rogille hat erklärt, keinen Bissen essen zu wollen, wenn man
ihren Mann neben sie setzt, weil er immer noch nach Knoblauch riecht. Die schöne Angelina, welche sich zu erkälten
fürchtet, bittet die Kammerzofe, ihr eine von ihren Hauben
zu leihen, und Augusta, welche die Hauben nicht liebt, coiffirt
sich mit einem Tuche.

Madame Montrognon hat nicht Augen genug, um
diese beiden Damen zu betrachten, deren Sprache, Mienen
und Manieren für sie etwas ganz Neues sind.

Es dauert nicht lange, so ruft Angelina:

»Sagen Sie doch, Herr Braillard, Sie hatten uns ja
für das Diner andern Wein versprochen. Dieser da ist immer
noch derselbe Krätzer, den wir zum Frühstück tranken.«

»Ha, bravo!« sagt der ehemalige Lohgerber, »ich bin
ganz derselben Meinung! Nachbar, Ihr Wein ist viel zu
jung.«

»Ich bitte um Verzeihung. Ich hatte vergessen, es
Katharina zu sagen. Mein Sturz in den Graben hatte es
mich vergessen lassen. Katharina, hole Wein vom zweiten
Jahrgange!«

Die Köchin bringt andern Wein, Angelina kostet ihn
und wirft den Kopf empor.

»Nun, schöne Dame, wie finden Sie diesen?« fragt
Herr Cadet.

»Nun, ich finde ihn etwas weniger schlecht als den andern. Indessen, wenn Sie mir es nicht vorhergesagt hätten,
würde ich geglaubt haben, es wäre noch dieselbe Sorte.«

»Sie sind sehr schwer zu befriedigen, Madame,« ent-

gegnet Madame Cabet in pikirtem Tone. »Man sieht, daß
Sie in dergleichen Dingen Erfahrung besitzen.«

»Das wollte ich meinen! Ich kenne die besten Speise-
häuser von Paris; die Maison dorée, die Frères Provençaux,
Bonvalet Deffieux — das sind meine Lieblinge.«

»Na, meine Damen, wenn unser Tisch Ihnen nicht gefällt, so werden wir wenigstens beim Nachtisch Sie zu entschädigen wissen, denn wir werden Ihnen Champagner vorsetzen
— Herr Cabet, ich hoffe doch, daß Sie dessen hier haben.«

»Ja wohl, liebe Freundin, ich habe zwei Flaschen
bringen lassen.«

»Das wird nicht zu viel sein, wenn er gut ist,« meint
Angelina.

Die junge Dame mit dem rothen Haar kann einen
leichten Ausruf des Erstaunens nicht unterdrücken und sagt:

»Ach, mein Gott — zwei Flaschen! Bei uns schenkt
man aus einer Flasche für zwanzig Personen ein und es
bleibt auch noch etwas auf den andern Tag.«

»Das kommt alles auf die Art und Weise an, wie
man ihn einschenkt,« antwortet Angelina; »wenn man blos
Schaum gibt, dann kann man allerdings mit einer Flasche
weit kommen.«

»Ich für meine Person kann keinen trinken,« sagt der
ehemalige Lohgerber.

»Er bekommt Ihnen wohl nicht, mein Herr?«

»Er macht mich schwindlig, ich werde dann wie wahn-
sinnig und kann mich nicht halten. Ich muß alle Damen
küssen und manchmal bin ich selbst damit nicht zufrieden.«

»O mein Herr, wir werden Sorge tragen, daß man
Ihnen keinen einschenkt.«

»Nun, mein kleiner Cousin, Du sagst ja gar nichts. Hat Dich der Ritt sehr ermüdet?«

Isidor sagte nichts, weil er bei schlechter Laune war, daß man ihn neben Mademoiselle Artemisia placirt hatte, die jeden Augenblick sein Brot statt des ihrigen ergriff und nachdem sie hineingebissen, es ihm wieder gab, indem sie dazu in gedämpftem Tone sagte:

»Ich that es nicht mit Fleiß.«

»Mein Stiefsohn hat es nicht in der Art, liebenswürdig zu sein,« sagt Madame Cadet, »und dennoch sitzt er neben einer jungen Dame, welche ihn zu vielen schönen Dingen begeistern sollte. Ich bin aber überzeugt, daß er deswegen nicht weniger an sie denkt.«

»Und ich wollte wetten, daß er gar nicht an sie denkt,« spricht Angelina, indem sie sich zu Herrn Regille wendet, der sich mit Kalbsbraten vollstopft, indem er murmelt:

»Es ist schade, daß Archibald nicht gekommen ist, dann hätte man sich weit mehr amüsirt.«

Endlich kommt das Dessert, und der Champagner wird aufgetragen. Der kleine Zweitausend springt bei dem Anblicke der zugepichten Flasche auf seinen Stuhl und ruft:

»Ah, da kommt moussirender Wein! Ich will davon haben, ich will viel davon haben.«

»Schweig, Crupère! Du wirst so viel bekommen, als sich für dein Alter geziemt.«

»Wenn man ihm so viel gäbe, als sein Mund fassen könnte,« murmelt Angelina, »so bekäme er die ganze Flasche und das Glas mit dazu.«

»Es ist Champagner, wobei der Pfropf herausspringt.«

Mit diesen Worten springt Aurora, Briefkasten genannt,

ebenfalls auf ihren Stuhl und stößt dabei mit ihrer Gabel und Messer ihre Nachbarn in die Nase.

»Welch ein liebenswürdiges Kind!« sagt die schöne Blondine, laut auflachend, während Herr Rogille, der mit dem Messer eines an die Nase bekommen hat, sagt:

»Welch ein Glück, daß es nicht schnitt. Man hat hier guten Grund, die Messer nicht schleifen zu lassen.«

Herr Cabet schenkt seinen Champagner ein. Er läßt ihn so viel als möglich moussiren, als er aber zur Freundin seiner Nichte kommt, hält diese ihr Glas schief und dicht gegen den Schlund der Flasche, indem sie zu ihm sagt:

»Nur sachte, lieber Freund, mich überlistet man nicht so leicht, ich nehme keinen Schaum für Wein.«

»Diese Dame nennt Ihren Mann ihren lieben Freund,« flüstert Madame Montrognon ihrer Nachbarin Madame Cabet in's Ohr; »Sie benimmt sich sehr frei gegen ihn, ist das Ihnen nicht sehr anstößig? Ich für meine Person würde es sehr übel nehmen, wenn eine Dame Herrn Montrognon ihren lieben Freund nennen wollte.«

»Ja, diese Dame ist wirklich sehr ungenirt. Wie es aber scheint, ist dies in der hohen Gesellschaft so Sitte.«

»Ich trinke für die Gesundheit meiner liebenswürdigen Tante,« sagt Madame Rogille.

Alle Gäste stoßen auf diesen Toast an, aber es dauert nicht lange, so setzt Angelina ihr Glas wieder auf den Tisch nieder, indem sie ausruft:

»Ha, was ist das?«

»Was das ist, schöne Dame? Champagner glaube ich,« antwortet Herr Cabet.

»Champagner? Das? Nimmermehr! Pfui! brrr! Das

ist ein Aufguß von Flieder mit Canbiszucker und ein wenig Alcohol, um ihn berauschend zu machen.«

»In der That, Madame, Sie sind die Erste, welche unserm Champagner schlecht findet,« ruft Madame Cadet, welche diesmal ihren Aerger nicht verhehlen konnte; »man hat uns darüber stets nur Complimente gemacht.«

»Dann haben die Leute, welchen Sie ihn zu trinken gegeben haben, nichts verstanden. Mich aber täuscht man nicht auf diese Weise. Ich kenne alle Sorten. Moël, Sillery, Jacqueson, mit einem Worte alle. Dieses Gebräu hier aber hat niemals die Champagne gesehen.«

»Dennoch aber ist dieser Wein süß und moussirt,« sagt Mademoiselle Artemisia.

»Ich für meine Person finde ihn delicat!« sagt Madame Montrognon mit Nachdruck.

»Er läßt sich wenigstens trinken,« sagt Herr Rogille.

»In der That,« hebt Madame Cadet wieder an, »Madame erinnert mich an einen kleinen Weinmäkler, einen häßlichen kleinen jungen Mann mit einem fürchterlichen Haarwuchs.«

»Wie, Madame, fürchten Sie sich vor meinem Haare vielleicht auch?«

»Nein, Madame, blos des Weines wegen erinnern Sie mich an diesen Mäkler, welcher sich unterstand, uns vier Francs fünfzig Centimes für eine Flasche Champagner abzuverlangen.«

»Vier Francs fünfzig Centimes? Das war aber sehr billig, Madame — die ersten Qualitäten kosten mehr.«

»O dann, Madame, dürfen nur die Fürsten Champagner trinken.«

„Man kann hundert Sous ausgeben, ohne deswegen ein Fürst zu sein; Herr Montrognon, ich versichere Ihnen, daß Sie von diesem Weine trinken könnten, ohne Lust zu bekommen, uns zu küssen.«

„Glauben Sie wirklich, schöne Dame — wenn ich das gewiß wüßte —«

„Nein, nein Montrognon! Trinke keinen! Trinke keinen!« ruft die Gattin des Lohgerbers, indem sie ihm das Glas aus der Hand reißt. „Man will Dich verlocken, dumme Streiche zu machen, aber ich werde es nicht zugeben.«

Madame Cadet, welche sich über den ihrem Champagner angethanen Schimpf nicht wenig ärgert, hebt die Tafel sehr bald auf. Madame Rogille nähert sich nun ihrer Freundin und sagt zu ihr leise:

„Du bist zu freimüthig gewesen — meine Tante ist wüthend auf Dich.«

„Was mache ich mir daraus! Du glaubst doch nicht etwa, daß ich Lust hätte, jemals wieder hieherzukommen? Ein stockgemeines Diner, abscheulicher Wein, Gesichter, bei welchen einem der Appetit vergeht — es ist mit einem Worte ein ganz hinterlistiger Streich, den Du mir gespielt hast, indem Du mich hieherführtest. — O Augusta, womit habe ich das an Dir verdient!«

Um den Abend auf angenehme Weise hinzubringen, bringt Madame Cadet eine Partie Lotto in Vorschlag. Die beiden jungen Frauen weisen aber diesen Vorschlag zurück, indem sie Karten verlangen.

„Wir wollen lieber eine Partie Landsknecht machen,« sagte Angelina.

„Dieſes Spiel verſtehen wir nicht,“ ſagt der ehemalige Apotheker.

„O, das werden Sie ſehr ſchnell lernen. Es iſt außerordentlich einfach. Ueberdies iſt dies auch das einzige Spiel, welches in der großen Geſellſchaft Eingang gefunden, das einzige, welches jetzt Mode iſt.“

„Wenn das Spiel Mode iſt, ſo wollen wir es lernen,“ ſagt Madame Cadet. „Das Schwierigſte wäre nur das, uns Karten zu verſchaffen. Iſidor, geh’ doch einmal in die Nachbarſchaft.“

„Die Tabakshändlerin hat welche zu verkaufen,“ ſagt Erupère.

„Dann, Iſidor, kaufe ein Spiel.“

„Vier vollſtändige Spiele ſind nöthig,“ ſagt Angelina, „es iſt dies das Wenigſte, was man für eine Landsknechtbank braucht.“

„Vier Spiele! Das iſt ja aber fürchterlich!“

„Aber, liebe Tante, wenn man das Spiel lernen will, welches in den ſchönſten Salons von Paris geſpielt wird, dann darf man ſo eine kleine Ausgabe nicht ſcheuen.“

Madame Cadet entſchließt ſich endlich ſeufzend, vier ganze Spiele zu kaufen. Die Karten werden gebracht — Angelina bemächtigt ſich derſelben und erklärt das Spiel, welches in der That von der Art iſt, daß auch der beſchränkteſte Kopf es zu begreifen vermag.

Dann wirft ſie ein Fünf-Francsſtück vor ſich hin und ſagt:

„Jetzt geht es im Ernſt. Es ſtehen fünf Francs!“

Die beiden Familien ſahen einander an und Madame Cadet ruft aus:

»Fünf Francs! Glauben Sie denn, Madame, daß wir so hoch spielen? Das ist uns viel zu viel.«

»Nun, Sie können sich ja ihrer Fünf zusammenthun, dann hält ein Jedes nur zwanzig Sous.«

»Das ist immer noch zu hoch, Madame.«

»Ha, diese furchtsamen Hasen! Wohlan, hier liegen zwei Francs — werden Sie diese halten?«

Herr Montrognon setzt fünf Sous, seine Frau ebensoviel, das Ehepaar Cadet ebensoviel, Madame Rogille den Rest. Angelina gewinnt und ruft aus:

»Diesmal stehen vier Francs!«

»Wir haben also verloren?« fragt Herr Montrognon.

»Wie es scheint, ja,« antwortet seine Frau scherzend.

»Aber warum haben wir denn verloren?«

»Weil die Karte des Bankiers herausgekommen ist, anstatt der Ihrigen, Madame,« sagt Angelina.

»Ah, so!«

»Also jetzt stehen vier Francs — wer hält sie?«

Die Montrognons und die Cadets bleiben mäuschenstill.

»Banco!« sagt Augusta.

Ihre Freundin zieht die Karte ab und verliert.

Madame Rogille nimmt die vier Francs. Die übrigen Spieler sind ganz bestürzt.

»Wie, liebe Nichte, Du hast die vier Francs gewonnen?« fragte Herr Cadet.

»Ja wohl, lieber Onkel.«

»Du hattest also den ganzen Einsatz gehalten?«

»Ja wohl, ich sagte ja Banco — das bedeutet, daß man Alles hält.«

»Warum sagten Sie denn nicht Banco, Herr Cabet?«

»Aber, liebe Doria, ich konnte doch nicht errathen, daß ich gewinnen werde.«

»Jetzt habe ich die Bank,« sagt Madame Rogille, indem sie die Karten in die Hand nimmt und zwei Francs vor sich hinlegt.

»Banco!« ruft Herr Cabet.

Diesmal aber ist das Schicksal der Bank günstig.

»Nun stehen vier Francs,« sagt Augusta.

»Wie? habe ich denn nicht gewonnen?« fragt ihr Onkel. »Ich habe doch Banco gesagt.«

»Ja, aber nicht deine, sondern meine Karte ist herausgekommen. Nun wer hält die vier Francs?«

»Meiner Treu, die möchte ich gewinnen,« sagt Herr Montrognon, indem er sein Geld auf den Tisch legt.

Vergebens will seine Frau es verhindern, indem sie ihn bittet, nicht so hoch zu spielen — der ehemalige Lohgerber beharrt bei seinem Vorsatze, indem er sagt:

»Na, vier Francs sind auch gut zu verdienen.«

»Sie sagen also Banco?«

»Ja wohl — ich halte alles!«

Madame Rogille zieht ab. Es fallen zwei Damen.

»Nun stehen acht Francs,« sagt sie, indem sie das Geld zusammenrafft.

Herr Montrognon wird violett vor Wuth und ruft aus:

»Wie, Madame, habe ich denn nicht gewonnen?«

»Nein, mein Herr, ich habe gewonnen.«

»Sie haben aber jetzt keine Karte in die Mitte gesteckt wie die andern Male.«

„Es war nicht nöthig, mein Herr, weil die Karte schon gemacht war."

„Wie, gemacht? Ich sehe wohl, daß ich gemacht bin! Sie betrügen mich, Madame!"

„Mein Herr, ein solches Wort — mein Mann müßte sich mit Ihnen eigentlich deswegen schlagen. Aber beruhigen Sie sich — er schlägt sich nicht."

„Niemals!" sagt Rogille, „und zwar aus dem guten Grunde, weil ich mich nicht schlagen kann. Man hat es mich niemals gelehrt."

Mittlerweile hat Herr Montrognon seinen Hut geholt. Er gibt seiner Frau und seiner Tochter einen Wink, daß sie sich ebenfalls erheben sollen.

„Was, lieber Nachbar, Sie gehen schon?" ruft Madame Cadet.

„Ja, ja, ich habe genug von Ihrem Spiel," sagt der dicke Mann.

„Wir haben vier Francs und zehn Sous verloren," sagt Madame Montrognon, „das ist kein Gesellschaftsspiel — das ist ein Hazardspiel — was in Paris gar nicht gespielt werden darf."

„Aber wir haben auch beinahe drei Francs verloren, Herr Cadet und ich."

„Gute Nacht, Nachbarin, wir werden Sie ein andermal wieder besuchen, wenn Sie Ihre schönen Damen aus Paris nicht hier haben."

„Mein Stiefsohn wird Sie nach Hause begleiten."

„Es ist nicht nöthig — wir wohnen ja nur zwei Schritt von hier. Viel Vergnügen, Nachbarn, bei diesem Modespiel."

Die Familie Montrognou ist fort. Madame Cabet hängt den Mund und ihr Mann betrachtet seine goldenen Knöpfe, die Kinder gähnen, daß ihnen die Ohren wehthun. Isidor denkt an seine Liebe, Herr Rogille schläft ein und die beiden jungen Weltdamen sehen einander lachend an.

»Sag, Augusta, wie wäre es, wenn wir schlafen gingen?« sagt die schöne Blondine.

»In der That, ich glaube auch, es ist das Beste, was wir thun können; liebes Tantchen, wo sind unsere Zimmer?«

»Julie wird Euch führen, liebe Nichte, Madame hat das gelbe Zimmer, welches auf den Hühnenstall geht — Du, liebe Nichte, schläfst mit deinem Manne gleich hier oben darüber.«

»Was sagst Du, liebe Tante — mit meinem Manne?«

»Ja wohl, versteht sich, liebe Nichte.«

»Schlafe ich wohl jemals mit meinem Manne? — Das wäre noch besser!«

»Es sind nun über zwei Jahre her, daß uns das nicht passirt ist,« sagt Herr Rogille, indem er die Zimmerdecke betrachtet.

»Ich glaubte, liebe Nichte, eine Frau müsse immer bei ihrem Manne schlafen. Diese Nacht müßt Ihr Euch schon dazu bequemen, denn ich habe kein anderes Bett für Euch.«

»Nein, nein, bei Herrn Rogille schlafe ich nicht — ich danke schön — bei dem Manne, der obendrein Knoblauch gegessen hat — lieber werde ich gar nicht schlafen gehen.«

»Mein Gott, das läßt sich ja sehr leicht arrangiren,« sagt Angelina. »Wir Zwei schlafen beisammen und dein Mann

nimmt das gelbe Zimmer — übrigens kommt es ihm auch
von Rechtswegen zu.«

»Na, mir ist es ganz recht — machen wir es so.«

»Dann, Julie, führe diese Damen, und dann wirst
Du Herrn Rogille das gelbe Zimmer anweisen.«

»Könnte uns nicht Herr Isidor auf unser Zimmer
führen,« sagt Angelina, »während Ihre Zofe Herrn Rogille zu Bette bringt?«

»Nein, Madame, meinem Dafürhalten nach ist dies
keine Aufgabe für einen jungen Mann. Geh, Julie —
gute Nacht, meine Damen.«

»Gute Nacht, Tantchen — gute Nacht — Onkelchen, gute
Nacht, Isidor!«

Isidor erwacht aus seinem Hinbrüten, um den Damen
gute Nacht zu wünschen, und beeilt sich ebenfalls, sich auf
sein Zimmer zu begeben.

Was den Gutenachtgruß der Madame Cadet an ihre
Nichte betrifft, so klingt er sehr trotzig, denn sie konnte es
Augusta nicht verzeihen, daß sie an dieselbe drei Francs im
Landsknecht verloren hat.

Die Zofe hat die beiden Freundinnen in ein Zimmer
der ersten Etage geführt, wo ein Bett mit Vorhängen von
blauem sehr glänzendem Stoffe steht. Das Bett ist fünf Fuß
hoch. Als die Damen es sehen, sagt eine:

»Wie sollen wir in dieses Bett hineinkommen? Dazu
werden wir einer Leiter bedürfen.«

»Und wenn man das Unglück hat, in den Raum zwischen Bett und Wand zu fallen, so kann man sicherlich nicht
wieder aufstehen. Mademoiselle, haben Sie die Güte, uns
einen Tritt zu bringen.«

Die Zofe entfernt sich mit grämlicher Miene, indem sie bei sich sagt:

„Das sollte mir einfallen, daß ich diesen Damen einen Tritt brächte. Wenn sie nicht ins Bett steigen können, so mögen sie auf der Diele schlafen. Es thäte Noth, man kehrte um dieser Damen willen das ganze Haus um. Und ihr Josef! Ich habe kein Gurtbett für ihn gefunden. Ich habe ihm eine Matraze auf der Diele neben das Billard gelegt — das ist gut genug für ihn."

Herr Rogille wartete in einem Corridor auf die Zofe, welche ihn in das für ihn bestimmte Zimmer führen sollte. Endlich kommt Mademoiselle Julie mit zwei Lichtern in der Hand. Sie gibt ihm eins davon, indem sie sagt:

„Folgen Sie mir, mein Herr, es ist ganz am Ende des Corridors."

„Zum Teufel, dann bin ich ja von aller Welt entfernt!"

„Nun, Sie fürchten sich wohl?"

„Nein — das heißt, ich fürchte mich vor den Ratten, und die Mäuse liebe ich auch nicht sonderlich."

„Seien Sie unbesorgt, es wird Ihnen nicht daran fehlen."

Endlich erreicht man das gelbe Zimmer — ein großes, häßliches, kaum möblirtes Gemach. Es ist jedoch ebenfalls mit einem Bette von sechs Fuß Höhe und einem Nachttische versehen, auf welchem eine große baumwollene Mütze liegt.

Herr Rogille scheint von seiner Wohnung eben nicht entzückt zu sein und sagt zu der Zofe:

„Warum nennt man dieses Gemach das gelbe Zimmer? Es sieht ja überall ganz schwarz —"

»Das weiß ich nicht. Ah, sehen Sie, wahrscheinlich, weil das Bett gelbe Vorhänge hat.«

»Was liegt denn da auf dem Tische?«

»Es ist eine baumwollene Zipfelmütze, mein Herr, damit Sie sich in der Nacht nicht erkälten.«

»Aber ich habe noch nie eine getragen.«

»Nun dann versuchen Sie es nur, Sie werden sehen, wie gut es ist — gute Nacht, mein Herr.«

»Gute Nacht, Mademoiselle Julie — kann man Ihnen einen Kuß anbieten?«

»Nein, mein Herr, ich danke, ich verbaue sie nicht.«

Die Dienerin ist fort. Rogille fängt, als er allein ist, an, sich ringsum zu schauen. Er ist mit seinem Zimmer durchaus nicht zufrieden. Er zieht seinen Rock aus und eine Art Camisol an, das er auf einem Stuhle findet, schaut dann unter das Bett und sagt bei sich:

»Die Zofe sagte, an Mäusen würde es nicht fehlen. — Hm, wahrscheinlich war das nur ein Scherz von ihr. Sie hat übrigens etwas Pikantes, diese Julie, ich hätte sie durchaus küssen sollen — ich werde mich bemühen, sie morgen Früh zu ertappen — ich höre keine Mäuse — kleiden wir uns aus — Ach, welch ein hohes Bett! — Man wird es förmlich belagern müssen!«

Herr Rogille entkleidet sich sehr langsam, sehr pedantisch, wie er es zu thun gewohnt ist. Als er nur noch die Unterhosen an hat, betastet er sich den Kopf und sagt bei sich selbst:

»Im Nacken ist es mir allerdings nicht zu warm. Wenn ich nun einmal diese Nachtmütze versuchte. Wahrscheinlich wird sie so aufgesetzt.«

Herr Rogille setzt sich die Nachtmütze auf. Die Quaste, die sehr schön ist, fällt nach vorn, hält sich aber noch so hoch, daß er sie nicht sieht.

»Das ist schön, das ist sehr schön!« sagt Rogille bei sich selbst. »Das bedeckt den Kopf sehr gut — es hüllt auch die Ohren mit ein. Man spottet viel über diese Kopftracht — aber man thut sehr Unrecht daran. — Ich werde mir in Paris auch eine kaufen. Ich will mich fortan im Winter nicht anders zu Bette legen. — Ich höre jetzt nicht mehr im Hause gehen und kommen. — Ohne Zweifel schläft Alles — ich glaube, ich werde wohl thun, wenn ich es eben so mache wie alle Anderen.«

Herr Rogille schickt sich an auf einen Stuhl zu steigen, um von diesem in sein Bett zu gelangen, als er plötzlich oben im Betthimmel ein Geräusch zu hören glaubt. Er steigt wieder von dem Stuhle herab und holt das noch brennende Licht, indem er murmelt:

»Es war mir, als hörte ich ein Knistern oder ein Rascheln in dem Betthimmel — suchen wir zu ermitteln, was es ist. Die Spinnen sind mir eben so verhaßt als die Ratten — halten wir erst eine genaue Untersuchung.«

Herr Rogille steigt auf einen Stuhl nach dem andern, hält sein Licht in die Höhe, sieht sich nach allen Seiten um, gewahrt nichts, steigt wieder auf die Diele herab und sagt bei sich selbst:

»Es ist ganz gewiß nichts — das Geräusch wird von unten gekommen sein. Ich entsinne mich jetzt, daß ich auf dem Hühnerstalle sah, wie — Legen wir uns schlafen.«

Er geht, um sein Licht auf den Nachttisch zu setzen, bleibt abermals stehen und sagt:

»Es ist eigenthümlich — es riecht versengt — ver=
brannt — oder, es ist keine Einbildung von mir — der
Geruch ist wirklich vorhanden — ich habe doch nicht etwa
meine Vorhänge angezündet? — Nein — hier brennt nichts
— und dennoch riecht es verbrannt — dann kommt der Ge=
ruch von außen. — Irgendwo muß Feuer sein. — Man muß
schnell Lärm machen, ehe die Flamme weiter um sich greift.«

Und Herr Rogille nimmt wieder sein Licht in die
Hand, öffnet seine Thüre und wagt sich, obschon er blos die
Unterhosen und das Camisol an hat, in den Corridor, indem
er ruft: »Es muß irgendwo brennen — wo, weiß ich nicht
— aber ich rieche es ganz deutlich. — Man wecke alle Be=
wohner des Hauses — es ist kein Scherz. — Es brennt
wirklich. — Und ich bemerke, daß der Geruch immer stärker
wird — man stehe doch auf!«

Endlich erwacht Madame Cadet, stößt ihren Mann,
schreit und ruft:

»Julie, Katharina, die Kinder — ach, mein Gott, wo
ist denn das Feuer?«

Die Dienerinnen erwachen und kommen in dem bekann=
ten einfachen Costüm herbeigeeilt, wenn man aber Feuer
rufen hört, dann denkt man nicht mehr an das Costüm. Die
Kinder kommen ebenfalls herbei, und schreien lauter als alle
Anderen, weil sie die größten Mäuler haben. Man läuft die
Treppen hinauf und herunter und Alle sagen:

»Wo ist das Feuer? — Wo brennt es denn?«

Und Herr Rogille antwortet:

»Ich weiß es nicht, aber ich rieche es — jetzt fühle ich
schon die Hitze — es kann gar nicht weit sein.«

In diesem Augenblicke öffnen auch Augusta und ihre Freundin die Thür ihres Schlafzimmers und fragen:

»Wo ist denn das Feuer?«

Fast unmittelbar darauf aber schlägt Angelina, welche Rogille ansieht, ein lautes Gelächter auf, indem sie ausruft:

»Unglücklicher — Sie sind es ja selbst, welcher brennt — Sie haben Ihre Nachtmütze angezündet — nehmen Sie sie ab — es ist die höchste Zeit.«

In der That hatte Rogille, als er sein Licht über den Kopf emporgehoben, um besser nach oben zu sehen, die Quaste seiner Nachtmütze angezündet, welche, wie wir schon bemerkt haben, nach vorne herüberfiel. Da nun eine baumwollene Mütze sehr lange braucht, ehe sie sich verzehrt, so lief dieser Herr mit dem Feuer auf dem Kopfe umher, ohne zu errathen, daß es seine eigene Coiffüre war, welche brannte.

Von der blonden Dame gewarnt, beeilt Rogille sich die Mütze, welche ihm schon das Haar verbrannte, herabzureißen.

Nun erhebt sich von allen Seiten ein lautes Geschrei gegen ihn.

»Wie, mein Herr, Sie schreien Feuer, und Sie haben selbst Ihre Nachtmütze angezündet!«

»Herr Rogille,« sagt Madame Cadet ärgerlich, »dergleichen Dinge sind sehr unstatthaft. Man schreckt nicht auf diese Weise ein ganzes Haus aus dem Schlafe auf.«

»Aber, liebe Tante, Sie sehen doch, daß ich brannte.«

»Aber man hat noch niemals gesehen, daß Jemand seine eigene Nachtmütze anzündet, und dann damit im Hause herumläuft. Sie hatten wohl Lust, auch alles Andere in Brand zu stecken?«

„O nein, im Gegentheile, Tantchen — ich kam ja, um Sie zu warnen.“

„In der That, man scheint sich verschworen zu haben, uns keine Ruhe zu lassen. — Sehen Sie, welche Unordnung Sie angerichtet haben!“

„Madame, wir haben Flöhe,“ sagt Angelina vortretend.

„Das thut mir sehr leid, Madame, aber ich kann Sie Ihnen nicht suchen. Liebe Nichte, dein Jockey ist wohl taub. — denn er ist der Einzige, der nicht aufgestanden ist. — Wo hat man ihn denn hingebettet?“

„Neben das Billard, Madame.“

„Er liegt darauf! er hat sich daraufgelegt!“ ruft der kleine Crupère, „ich habe ihn soeben gesehen — er hat sein Bett darauf gemacht.“

„Ha, wie entsetzlich! — auf ein Billard ohne Beutel! Herr Cabet, entfernen Sie diesen Menschen.“

Herr Cabet macht sich auf den Weg nach dem Billard, in Begleitung seines Sohnes und der beiden Dienerinnen, welche sich nicht wenig freuen, daß der Engländer ausgescholten werden soll.

In dem Billardzimmer aber angelangt, prallen die beiden Frauenzimmer zurück, denn der Jockey, welchem es wahrscheinlich zu warm geworden, hat Tuch und Bettdecke weit von sich geworfen.

Der Engländer hatte die zweite Flasche Champagner gefunden, die man beim Diner nicht getrunken, sich dieselbe angeeignet und keinen Tropfen davon übrig gelassen. Der verfälschte Wein aber hatte ihm Uebelkeiten zugezogen, denn er hatte sich in seinem Schlafe vergessen und sich auf dem Billard benommen, als wenn es Beutel hätte.

Herr Cadet stößt ein Wuthgeschrei aus. Der kleine Crupère zwickt den Jockey in's Bein, um ihn zu wecken, dieser aber stößt einen so furchtbaren Fluch aus und zeigt zugleich seine Fäuste in so drohender Weise, daß der Vater und Sohn es räthlich finden, sich zurückzuziehen, während der Papa zu seinem Sprößling sagt:

„Es verlohnt jetzt nicht mehr der Mühe, ihn aufsitzen zu lassen — schlimmer kann er es nicht machen, als er es bereits gemacht hat.“

Am Tage nach dieser denkwürdigen Nacht gegen neun Uhr Morgens langt ein schöner junger Mann zu Pferde in Livry an und steigt vor dem Hause des Herrn Braillard ab.

Der Jockey, welcher so eben die Pferde an die Chaise gespannt, beeilt sich das Reitpferd zu halten.

„Wo sind die Damen?“ fragt der Neuangekommene.

„In der ersten Etage — look here.“

„Gut.“

Und der Herr tritt in das Haus, geht an Herrn Cadet, den er nicht grüßt, weil er ihn für einen Diener hält, vorüber und tritt in das Zimmer der beiden Freundinnen, welche, als sie ihn erblicken, ausrufen:

„Ha, welches Glück! es ist Archibald!“

„Er wird uns sicherlich unverweilt von hier fortführen.“

„Was mich betrifft, so werde ich ganz gewiß nicht wieder hier frühstücken — ich habe an den beiden Mahlzeiten, die ich hier gehalten, vollkommen genug.“

„Wie es scheint, meine Damen, haben Sie sich bei der schönen Tante nicht allzusehr amüsirt.“

»Ach, lieber Freund, sprechen Sie uns nicht davon — Wir werden Ihnen aber dennoch tüchtigen Stoff zu lachen geben, wenn wir Ihnen unser Tagewerk und unsere Nacht erzählen. — Die Chaise ist bereit — John hat angespannt — ich bitte Sie, machen wir rasch, daß wir fortkommen.«

»Aber meiner Tante müssen wir doch Lebewohl sagen.«

»Sie ist unten — ich sehe sie — sie spricht mit Rogille — gehen wir hinunter.«

Die Damen gehen mit Archibald hinunter. Madame Rogille stellt ihn ihrer Tante vor, indem sie zu ihr sagt:

»Herr Archibald kann sich nicht aufhalten — wichtige Geschäfte nöthigen ihn, sofort wieder abzureisen, und wir werden ihn begleiten. Wenn Du aber meinen Mann dabehalten willst, liebe Tante —«

»Nein, nein, ich danke — er könnte wieder sich irgendwo anzünden und dann mit dem Feuer im Hause herumlaufen. O, ich habe nicht eher Ruhe, als bis er ebenfalls wieder fort ist.«

»Nun dann lebe wohl, liebe Tante — rasch in den Wagen!«

»Ich werde mit Ihnen in den Wagen steigen, meine Damen,« sagt Herr Archibald. »Rogille, Sie werden auf meinem Pferde zurückkehren.«

»Auf Ihrem Pferde — zum Teufel — aber lieber Freund, Sie wissen doch, daß ich kein Reiter bin.«

»Fürchten Sie nichts — es ist sanft wie ein Lamm.«

»Ach freilich, wenn es ein Lamm ist — dennoch aber wäre es mir lieber gewesen, wenn ich —«

»Na, vorwärts, mein Herr,« sagt Augusta, »es

ist nun genug geschwaßt — steigen Sie zu Pferde und machen wir der Sache ein Ende.«

Herr Rogille antwortet nichts weiter. Die Dame und der schöne junge Mann steigen in die Calesche, welche, von dem Jockey geführt, davonfährt. Sie ist schon auf der Straße verschwunden, während es Augusta's Gatten noch nicht gelungen ist, seine beiden Füße in die Steigbügel seines Pferdes zu bringen.

„Glückliche Reise!« sagt Madame Cadet, indem sie einen Ausruf der Freude hören läßt; „ich habe an meiner Nichte und an den Damen nach der Mode nun genug. — Ich hoffe, daß sie uns nicht wieder mit ihrem Besuche beehren werden, es wäre ja unser Ruin!«

Drittes Capitel.

Die armen Kinder.

Man wird sich erinnern, daß die schöne Peroline sehr rasch gegangen und dann förmlich gelaufen war, um den Reden des schönen Herrn zu entrinnen, der sie verfolgte. Ganz erschöpft und erhitzt hatte sie ihre Wohnung wieder erreicht, dadurch aber sich nicht abhalten lassen, sofort wieder ihre Arbeit aufzunehmen.

Am nächstfolgenden Tage hatte sie sich sehr bedrückt und ein wenig leidend gefühlt, aber auch dieses Unwohlsein weiter nicht geachtet, sondern mit demselben Eifer fortgearbeitet, denn sie wollte nicht krank sein. Sie sagte bei sich selbst:

„Ich darf es nicht sein, denn der Ertrag meiner Arbeit verschafft meinem Bruder und meiner Schwester die

Mittel zum Lebensunterhalte. Sie glaubte, ihr fester Wille sei hinreichend, um ihr die Gesundheit zu erhalten. Unglück= licherweise aber ist der Wille nicht hinreichend, um das Uebel von uns abzuhalten.

Allerdings sollte das Fieber die armen Leute respecti= ren — diejenigen, deren Arbeit für die Existenz ihrer Fa= milie nothwendig ist, welche nicht die Mittel haben, die Be= suche des Arztes und die Arzneien des Apothekers zu be= zahlen.

Aber dem ist nicht so. Das Fieber respectirt nichts!

Freilich muß man anerkennen, daß der Reiche dagegen eben so wenig geschützt ist, als der Arme, und daß selbst Rollen von Gold vergebens verschwendet werden, der Krank= heit den Weg zu versperren.

Wenigstens aber besitzen die, welche Vermögen ha= ben, Alles, was sie brauchen, um sich Pflege und Abwar= tung zu verschaffen — die besten Aerzte kommen zu ihnen und alle ihre Anordnungen werden befolgt, während ein armer Teufel sich vielleicht einen heilsamen Trank versagen muß, dessen Preis, obschon unbedeutend, dennoch für ihn immer noch zu hoch ist.   .

Zwei Tage nach der Abreise Isidors auf's Land ver= suchte Peroline, als sie bei Tagesanbruch erwachte, verge= bens sich zu erheben. Fieberhitze durchglühte sie, der Kopf war ihr schwer und schmerzte sie, und kaum besaß sie noch Kraft genug, um sich auf ihrem Bette emporzurichten.

»Mein Gott,« sagt sie bei sich selbst, indem sie ihre durch das Fieber schon matt gewordenen Blicke um sich her= schweifen läßt, »o mein Gott, wirst Du zugeben, daß ich krank werde — daß die Kräfte mir versagen — daß ich nicht

*

mehr arbeiten kann! Aber wie soll ich denn die Wesen er=
nähren, die Du meiner Obhut anvertraut hast, denn in=
dem Du uns Vater und Mutter nahmst, ließest Du mich
als einzige Stütze meines Bruders und meiner Schwester
zurück. Sie sind noch nicht alt genug, um selbst etwas ver=
dienen zu können — und wenn ich nicht arbeiten kann, wo=
von sollen sie dann leben? — was soll aus ihnen werden?"

Man sieht, daß das junge Mädchen in ihrem Schmerze,
ihrem Leiden sich nicht mit sich beschäftigte, sondern daß sie
fortwährend an die beiden Kinder dachte. Die Existenz, die
Zukunft dieser war es, was sie beschäftigte. Gerne war sie
bereit, sich selbst alles zu versagen, dafern es nur ihrer
Schwester und ihrem Bruder an nichts fehlte.

Es dauerte nicht lange, so erwachte Rosinette.

Verwundert, Perolinen nicht wie gewöhnlich schon
aufgestanden zu sehen, ruft sie aus:

"Wie, Schwester, Du spielst wohl heute die kleine
Faulenzerin? O, Du thust sehr wohl daran — Du arbeitest
so viel — Du mußt sehr müde sein und Du machst es sehr
recht, daß Du ein wenig ausruhst."

"Ach," antwortet Peroline, "nur gegen meinen Willen
bin ich noch im Bett. — Meine arme Rosinette, ich bin
krank — ich habe das Fieber — ich fühle mich sehr unwohl —
ich habe keine Kraft mehr — "

"Du bist krank!" ruft die Kleine, indem sie aus ihrem
Bette springt und sich schnell ankleidet. "O, dann will ich
Dich pflegen. — Sei unbesorgt, meine Schwester, ich werde
Dich ganz gewiß gut pflegen. Was soll ich Dir geben —
ohne Zweifel mußt Du Thee trinken — ich werde Dir
welchen kochen. Was für Thee soll ich Dir kochen?

»Mein Gott, ich weiß es nicht — jedoch ich glaube, die Lindenblüthen — diese sollen in einem solchen Falle sehr gut sein.«

»Haben wir deren vorräthig?«

»Nein — vielleicht aber sind sie auch nicht nöthig und Zuckerwasser thut wahrscheinlich dieselben Dienste.«

»O nein — Du willst wahrscheinlich nur nicht, daß ich etwas für Dich thun soll. Wie sollst Du dann auch wieder gesund werden?«

»Du hast Recht. Du kannst gleichzeitig das kleine Cotelette für Leopold holen, denn er befinde sich jetzt weit besser und es bekommt ihm gut.«

»Ja, liebe Schwester — Lindenblüthen für Dich, das Cotelette für meinen Bruder und für zwei Sous Milch für mich — alles dies will ich mit unserem Brote holen. Auch Zucker werde ich kaufen müssen, denn es ist keiner mehr da.«

»Glaubst Du?«

»Popol hat den letzten gestern Abend in seine Wassersuppe bekommen.«

»Nun dann bringe welchen mit — für ihn — denn was mich betrifft, so trinke ich den Thee lieber ohne Zucker.«

»Nein, nein, das geht nicht; Thee trinkt man nicht ohne Zucker — ich werde ein Pfund kaufen — nicht wahr?

»Wenn es einmal sein muß —«

»Wo ist das Geld, Schwesterchen?«

»Oeffne den Secretär — das Schubfach rechts —«

»Ich sehe, liebe Schwester, es sind noch sechs Francs in dem Schubfache.«

»Nun, dann nimm, was Du brauchst —«

»Soll ich nicht auch gleich etwas zum Mittagsessen kaufen?«

„Zum Mittagseſſen für Dich und Leopold allerdings."

„Kartoffeln und Butter, wie gewöhnlich, nicht wahr?"

„Leider ja."

„O, Kartoffeln ſind etwas ſehr Delicates!"

„Gib auch Acht, daß man Dir wieder richtig herausgibt, wenn Du ein großes Stück Geld mitnimmſt."

„O, das weiß ich ſchon — ich laſſe mich nicht ſo leicht betrügen — ich bin kein Kind mehr — ich werde, um nichts zu vergeſſen, auf dem ganzen Wege ſagen: Lindenblüthen, Zucker, ein Cotelette, Milch, Kartoffeln, Butter und Brod — ich werde den großen Korb mitnehmen —"

„Arme Kleine, er wird Dir zu ſchwer werden."

„O nein, ich bin ſehr ſtark."

„Ach, Roſinette — ehe Du gehſt — gib mir mein Arbeitsgeräth und jene angefangenen Blumen — und jene Pappſchachtel, in welcher die zugeſchnittenen Blätter liegen —"

„Wie — Du willſt doch nicht etwa auf deinem Bett arbeiten?"

„Warum nicht — ich habe allerdings nicht Kraft genug, aufzuſtehen, aber vielleicht kann ich im Sitzen arbeiten."

„Ach, Peroline, Du biſt wohl von Sinnen — Du mußt ruhig bleiben — Du mußt Dich recht warm halten."

„Roſinette, ich ſage Dir: gib mir, was ich von Dir verlangt habe."

„Nun, wenn Du es durchaus willſt."

Die Kleine trägt ihre angefangene Arbeit und die Geräthſchaften auf das Bett ihrer Schweſter. Dann nimmt ſie einen Korb, in welchem ſie ſelbſt Platz hätte, den ſie aber ganz ſtolz am Arme trägt, denn ſie freut ſich, zu zeigen, daß fie im Stande ist, eben fo gut wie eine Frau ihre Einkäufe zu besorgen.

Sie beeilt sich dabei nach Möglichkeit und sagt zu den Kaufleuten, welche sie warten lassen:

»Ich bitte, geben Sie mir recht rasch, was ich verlangt habe. Meine Schwester ist krank und hat Niemanden, der sie pflegt, als mich.«

Und die Kaufleute beeilen sich, sie zu befriedigen, weil jeder sich für das kleine Mädchen interessirt, welches schon die Arbeiten einer Magd verrichtet.

Endlich ist Rosinette mit ihren Einkäufen fertig. Sie kehrt nach Hause zurück und sagt unterwegs bei sich selbst:

»Peroline wird nicht finden, daß ich lange gewesen bin.«

Als sie in das Zimmer tritt, eilt sie sogleich an das Bett ihrer Schwester und bleibt ganz erschrocken stehen, als sie diese liegend und mit den Augen voll Thränen antrifft.

»Was ist Dir,« ruft Rosinette, »hast Du viel Schmerzen? — Du weinst!«

Statt der Antwort zeigt die Kranke auf ihre Arbeit und die auf ihrem Bett umhergestreuten Geräthschaften, indem sie stammelt:

»Ich kann nicht — ich wollte — meine Hände zittern zu sehr — ich kann nicht.«

»Ach, mein Gott — Du weinst, weil Du nicht arbeiten kannst. O Peroline, wenn ich größer wäre, so würde ich Dich sehr ausschelten. Wie kannst Du weinen, Dich noch kränker machen! — Das ist gar nicht recht von Dir — diese häßlichen Werkzeuge — diese häßliche Arbeit, die Dich bekümmert! Ach, ich will Alles verschließen, damit Du es nicht mehr siehst, denn sonst willst Du immer wieder anfangen.«

Und Rosinette trägt die angefangene Arbeit fort und verschließt sie. Dann geht sie zu ihrem kleinen Bruder, der eben erwacht ist und den sie sich ankleiden hilft, indem sie zu ihm sagt:

»Popol, mache keinen Lärm, sprich nicht laut, singe nicht — unsere Schwester Peroline ist krank — vielleicht schläft sie ein und wir dürfen sie nicht wecken.«

»Ach, Liline ist krank?«

»Ja, mein Freund.«

»Dann wird sie auch blos Milch trinken dürfen wie ich, als ich hustete.«

»Nein, sie hustet nicht. Sie hat das Fieber — sie wird einnehmen, was der Arzt ihr verordnen wird.«

»Wird sie denn nicht frühstücken?«

»Nein, wenn man krank ist, ißt man nicht.«

»Aber ich bin nicht mehr krank — und mein Cotelette!«

»Schweig, Du kleiner Näscher. Du wirst es sogleich bekommen — vor allen Dingen aber muß ich den Thee für Perolinen kochen.«

Rosinette beeilt sich Feuer anzuzünden und das Wasser zum Sieden zu bringen. Dann fängt sie an zu kehren, aufzuräumen, abzuwischen, aber indem sie dabei fortwährend Sorge trägt, so wenig Geräusch als möglich zu machen, denn die Kranke scheint eingeschlafen zu sein.

Es dauert nicht lange, so ist der Trank fertig, die Kleine füllt die Tasse damit und als sie dann sieht, daß ihre Schwester sich im Bett herumgedreht hat, nähert sie sich ihr, um nachzusehen, ob sie noch schläft.

Peroline schlummert aber blos, sie öffnet die Augen

und Rosinette reicht ihr dann die Tasse Thee, indem sie zu
ihr sagt:

»Er ist ganz heiß — er wird Dir wohl thun.«

»Dank, liebes Kind, gib nun Popol sein Frühstück.«

»Sei doch unbesorgt — ich denke an Alles. — Ich
habe achtundvierzig Sous ausgegeben — ich hatte drei
Francs genommen — zwölf Sous habe ich wieder mitgebracht — nicht wahr, dann ist es richtig?«

»Ja wohl — dann haben wir also nicht mehr als drei
Francs und zwölf Sous noch im Hause — mein Gott —
und wenn dieses Geld ausgegeben sein wird — wie sollen
wir uns nähren?«

»Nun, Peroline, Du kannst ja wieder einige silberne
Couverts verkaufen, bis Du wieder arbeiten kannst.«

»Couverts? Ach, Rosinette, Du weißt nicht, daß wir
keins mehr haben. Ich habe die letzten verkaufen müssen, um
unsern Miethzins zu bezahlen und um deinem Bruder einen
kleinen Paletot und Dir Schuhe zu kaufen.«

»Nun dann verkaufen wir etwas Anderes — wir haben ja noch eine Menge schöne Dinge hier — sei daher unbesorgt — ist der Lindenblüthenthee gut zubereitet?«

»Ja, sehr gut.«

»Willst Du jetzt noch mehr?«

»Nein, ich will versuchen einzuschlafen.«

»Ja, ja, schlaf, das wird Dich wieder gesund machen.«

Peroline schläft wirklich, ihr Schlaf ist aber peinlich
und unruhig. Als sie erwacht, ist ihr Fieber noch heftiger geworden. Sie verlangt zu trinken und sofort ist ihre kleine
Schwester mit einer Tasse Lindenblüthenthee bei ihr. Eine
Krankenwärterin von Profession könnte nicht lenksamer und

eifriger fein — fie würde es fogar weit weniger fein. Nur von den Perfonen, die uns lieben, werden wir gut gepflegt.

So vergeht der Tag.

Am Abend fragt Rofinette ihre Schwefter, ob fie den Arzt holen folle, der ihren Bruder in der Behandlung gehabt hat, und deffen Adreffe fie kennt.

Peroline aber murmelt:

»Nein nein, keinen Arzt — es ift nicht nöthig, mein Kind — ich werde ohne folchen wieder gefund werden. Mein Arzt ift der liebe Gott und ich bin überzeugt, daß er mich nicht wird fterben laffen wollen.«

Am nächftfolgendem Tage ift die Kranke noch leidender und das Fieber noch heftiger. Der Gram, den fie darüber empfindet, daß fie nicht arbeiten kann, die Befürchtungen, die fie wegen der Zukunft hegt, fteigern ihr Uebel noch höher.

Rofinette will fortwährend den Arzt holen, aber ihre Schwefter verbietet es ihr.

Den nächften Tag winkt Peroline, deren Stirn förmlich brennt, und die kaum fprechen kann, ihrer Schwefter, fich ihrem Bette zu nähern und fagt zu ihr:

»Du wirft bald kein Geld mehr haben und gleichwohl brauchft Du deffen, um zu leben. Geh einmal zu dem Tapezierer, der unfern Spiegel gekauft hat — er wohnt ganz hier in der Nähe im Faubourg.«

»O, ich weiß recht gut, wo es ift.«

»Bitte ihn, herzukommen und verkaufe ihm dann die beiden bronzenen Leuchter, die auf dem Camin ftehen.«

»Ja, liebe Schwefter, wie theuer foll ich fie verkaufen?«

»Mein Gott, ich weiß felbft nicht was fie werth find. Nimm, was er Dir geben wird.«

Rosinette führt den Auftrag ihrer Schwester sofort aus und kommt mit dem Tapezierer zurück, einem kleinen Manne, der in moralischer Beziehung eben so trocken ist als in physischer, und welcher glaubt, daß die Empfindsamkeit nicht zum Handel passe.

Er betrachtet die beiden Leuchter aufmerksam, indem er sagt:

»So sind sie nicht mehr Mode — in diesem Style fertigt man jetzt keine Leuchter — überdies ist dies auch nicht mein Fach — ich handle nicht mit Bronzesachen.«

»Ach, ich habe ja deren bei Ihnen gesehen — Sie werden sie schon wieder anzubringen wissen — sehen Sie, meine arme Schwester ist krank und wir brauchen nothwendig Geld.«

Rosinette wußte nicht, daß sie ein schlechtes Mittel anwendete und daß sie, wenn sie gestand, daß sie sehr nothwendig Geld brauchten, von dem Handelsmanne einen nur sehr mäßigen Preis erlangen würde. Die Kleine glaubte aber, es müsse sich Jedermann für ihre Schwester interessiren — die Kinder glauben noch an die guten Herzen — sie haben noch keine Erfahrung.

»Ja, ja,« antwortet der Handelsmann, »ich verstehe schon, — na, um Euch gefällig zu sein, — denn wenn ich auch diese Leuchter nehme, so glaube ich, sie werden ziemlich lange in meinem Gewölbe stehen; — wie viel wollt Ihr denn dafür?«

»Ach, das wissen wir selbst nicht, wir werden nehmen, was Sie uns geben.«

Nur selten hat ein Handelsmann so schönes Spiel. Dieser, mit welchem wir hier zu thun haben, kommt fast in Verlegenheit. Er hört beinahe auf sein Gewissen, das ihm sagt, daß der Betrug an einem Kind ein doppelter ist und er stammelt:

»Wohlan, ich will Euch zwanzig bis fünfundzwanzig Francs geben. Ich weiß wohl, daß sie weit mehr gekostet haben, aber ich sage nochmals, sie sind nicht mehr Mode und es wird sehr lange dauern, bis ich sie wieder verkaufen kann.«

»Nehmen Sie sie, sie gehören Ihnen.«

Der Tapezierer gibt Rosinetten die fünfundzwanzig Francs und nimmt die Leuchter.

Ehe er sich entfernt, betrachtet er die beiden Kupferstiche, die neben dem Camine hängen, und sagt:

»Das sind schöne Bilder.«

»Ja, sie sind die Arbeit unseres Vaters.«

»Ich kenne einen Herrn, der ein sehr großer Liebhaber von Kunstblättern ist und schon eine bedeutende Sammlung hat, — ich werde ihn Euch herbringen.«

»O nein, es wäre vergeblich, wir wollen diese Bilder nicht verkaufen.«

»Nun, wenn Ihr guten Preis dafür bekämet — doch man wird mich zu Hause gebrauchen. Ich wünsche guten Tag.«

»Guten Tag.«

Der Handelsmann ist fort und die Kleine eilt an Perolinens Bett, auf welches sie die fünfundzwanzig Francs wirft, indem sie sagt:

»O meine Schwester! Diese Menge Geld, sieh doch, da haben wir auf lange Zeit—Du brauchst Dich nicht mehr zu ängstigen. Du kannst Dich abwarten, Dir etwas zu Gute thun.«

Die junge Patientin schüttelt traurig den Kopf, indem sie antwortet:

»Meine arme Rosine, Du glaubst, man werde damit lange reichen, — ach, Du weißt noch nicht, wie schnell das Geld sich ausgibt, wenn man Alles kaufen muß, was man gebraucht. Indessen, sei sparsam damit, denn ich fühle, daß es mit mir noch nicht besser geht.«

Weit entfernt, sich besser zu fühlen, fühlt Peroline sich bald weit schlimmer. Ein bösartiges Fieber kommt zum Durchbruch, dann bemächtigt sich das Delirium der Kranken und als die beiden Kinder sehen, daß ihre Schwester sie nicht mehr kennt, fangen sie an laut zu weinen, fallen vor ihrem Bett auf die Knie nieder und bitten den guten Gott, daß ihre Schwester wenigstens sehe, daß sie noch bei ihr sind.

Eine mitleidige Nachbarin hört das Schluchzen der beiden Kinder und kommt, ihnen Beistand anzubieten. Als sie den Zustand der Kranken sieht, zögert sie nicht, den Arzt herbeizurufen.

»Meine Schwester wollte nicht,« stammelte Rosinette; »da sie uns aber nicht mehr kennt, so wird sie auch den Arzt nicht mehr kennen.«

Der Arzt kommt, untersucht die Kranke und schreibt sein Recept, indem er sagt:

»Man sollte eine Krankenwärterin für das junge Mädchen haben, damit man ihr in der Nacht jedesmal, wo sie aufwacht, zu trinken geben könnte.«

»Ich werde bei ihr wachen,« sagt die Nachbarin.

„O, das ist nicht nöthig, Madame," antwortet Rosinette, „seitdem meine Schwester so krank ist, schlafe ich nicht mehr und bin stets da und bereit, ihr Alles zu reichen, was sie bedarf."

Es vergehen sechs Tage, während denen Peroline sich sehr elend befindet. Nach Verlauf derselben hört das Delirium auf, das Fieber legt sich und die Kranke athmet freier. Als sie die Augen aufschlägt, gewahrt sie ihre Schwester und ihren kleinen Bruder vor ihrem Bette auf den Knien liegen. Sie streckt ihnen die Arme entgegen und murmelt:

„Rosinette — Leopold — was macht Ihr denn da?"

„Ach, sie kennt uns wieder! Sie kennt uns wieder!" rufen die beiden Kinder, ihre Schwester umarmend; „der gute Gott hat uns gehört, denn wir beteten zu ihm unaufhörlich, daß er Dich wieder gesund werden lassen sollte."

„Meine guten Freunde — ich bin also wohl sehr krank gewesen?"

„Ja, aber der Arzt sagte: Wenn das Delirium heute aufhört, so wirst Du wieder genesen!"

„Es ist also ein Arzt dagewesen?"

„Ja, meine Schwester, die Nachbarin hat ihn geholt — schilt mich nicht aus."

„Ich sollte Dich ausschelten, liebes Kind, während Du so besorgt um mich gewesen bist! Ach deine Umsicht, deine Güte verdient nur Lob."

„Sprich nicht zu viel, meine Schwester, der Arzt hat gesagt, Du würdest noch lange sehr schwach sein."

„Du hast Recht, ich werde schlafen."

Während ein stärkender Schlaf die Sinne der Kranken erfrischte, revidirte Rosinette ihre Casse, welche sie seit acht Tagen nicht gezählt hat. Sie ist nicht wenig bestürzt, als sie sieht, daß von den fünfundzwanzig Francs nur noch fünfzig Sous übrig sind — während der letztvergangenen acht Tage aber hat sie allerhand Medicamente, Holz zum Einheizen und Kochen, Kohlen, Lebensmittel, Zucker und Oel für die Lampe kaufen müssen, welche die ganze Nacht brannte, und die Kleine sagt bei sich selbst:

»Meine Schwester hatte wohl Recht — mit fünfundzwanzig Francs kommt man nicht weit — ich glaubte, wir hätten für wenigstens sechs Wochen genug — ich kann ihr aber nicht sagen, daß wir nur so wenig noch haben — für heute und morgen reicht es noch für alle Fälle. Uebrigens können wir, Leopold und ich, unsere Kartoffeln recht wohl ohne Butter essen.«

Am nächsten Tage kommt der Arzt. Er ist mit dem Zustande der Kranken sehr zufrieden, aber er verschreibt einen andern Trank, der ihr Kräfte geben soll. Rosinette eilt, diesen Trank machen zu lassen, der ihr vierundvierzig Sous kostet, und den sie freudig ihrer Schwester bringt. Diese, nachdem sie davon getrunken, sagt zu der Kleinen:

»Mir hat es an nichts gemangelt — aber wie steht es mit Euch? Habt Ihr auch Alles gehabt, was Ihr gebraucht habt? Was habt Ihr zu Mittag gegessen?«

Die Kleine senkt den Kopf, indem sie stammelt:

»O, wir haben genug gehabt — mein Bruder hat heute Morgen sein Cotelette gegessen.«

»Und Du?«

»Ich habe meine Milch getrunken.«

»Und was habt Ihr zum Mittagessen?«

»Ich habe noch Kartoffeln da.«

»Wie bereitest Du sie zu?«

»Ich bereite sie gar nicht weiter zu — wir essen sie am liebsten einfach in der Asche gebacken.«

»Rosinette, ich glaube, Du hintergehst mich — Du mußt Bouillon kaufen, um für Dich und deinen Bruder Suppe zu kochen — hörst Du?«

Die Kleine wird verlegen; sie stößt sehr gewaltige Seufzer aus, nähert sich dann ihrer Schwester und fängt an zu weinen, indem sie stammelt:

»Meine liebe Schwester — ich kann nichts dafür — ich versichere es Dir, wir haben aber nicht mehr als sechs Sous noch im Hause.«

Peroline zieht ihre Schwester an ihr Herz, küßt sie zärtlich und sagt zu ihr:

»Armes Kind, warum weinst Du? Warum fürchtest Du, daß ich Dich ausschelte?«

»Weil die fünfundzwanzig Francs so schnell alle geworden sind.«

»Nun, Du hast ja eine Menge Medicamente und Tränke für mich zu bezahlen gehabt. — O, ich weiß, wie rasch das Geld sich ausgibt, und damit es mir an nichts fehlen sollte, hast Du Dir selbst Alles versagt und fürchtest noch obendrein, daß ich Dir Vorwürfe mache. Geh, trockne deine Thränen und laufe dann zu dem Tapezierer — wir wollen die Stutzuhr verkaufen. Dann werden wir einstweilen genug haben, denn ich bin nun auf dem Wege der Genesung und werde bald wieder anfangen zu arbeiten. Geh schnell — noch dieses letzte Opfer — es muß gebracht werden, denn ich will, daß Du kräftige Fleischbrühe genießest, und daß Du, während Du mich gesund machst, nicht selbst krank werdest.«

Rosinette geht wieder zu dem Tapezierer, welcher zu ihr sagt:

»Ich habe jetzt gerade zu thun — man erwartet mich bei einem Kunden — in einer halben Stunde aber werde ich bei Euch sein.«

Er hält auch pünktlich Wort.

Diesmal aber kommt er nicht allein, sondern ein alter Herr von sehr vornehmem Aussehen begleitet ihn, und begrüßt die junge Kranke sehr ehrerbietig und höflich.

»Ich bringe Herrn von Germilly mit,« sagt der Handelsmann, »einen meiner besten Kunden. — Er ist ein großer Liebhaber von Kupferstichen. Er hat ein sehr schönes Kunstcabinet. Ich erzählte ihm von den Bildern, die ich hier gesehen, und er gab mir den Wunsch zu erkennen, sie ebenfalls zu sehen und vielleicht zu kaufen.«

»Aber wir wollen sie nicht verkaufen,« spricht Peroline, »und es thut mir leid, daß der Herr sich deswegen bemüht hat. Diese Kupferstiche sind das Werk unseres Vaters — sie sind Alles, was uns von ihm geblieben ist — wir werden es stets treulich bewahren.«[1]

Der alte Herr verneigt sich, indem er sagt:

»Ich bitte um Entschuldigung, Mademoiselle, ich wußte das nicht. Ihr Entschluß ist ein viel zu ehrenwerther, als daß ich versuchen sollte, Sie davon abwendig zu machen, aber Sie erlauben mir wohl, diese Blätter zu bewundern.«

»O sehr gern, mein Herr, so lange als es Ihnen angenehm ist. Herr Tapezierer, diese Stutzuhr ist es, deren wir uns entäußern wollen.«

Der Handelsmann betrachtet die Stutzuhr, schüttelt den Kopf und murmelt:

»Wieder etwas, was nicht mehr Mode ist und was nicht in mein Fach paßt — ich bin kein Uhrmacher.«

»Aber Sie handeln doch mit Allem, was zum Mobilär gehört.«

»O, mit allem doch nicht. Es kommt darauf an. Die Façon dieser Uhr ist eine sehr altväterische und übrigens müßte das Gehäuse auch ganz frisch vergoldet werden.«

»Nun, etwas ist sie aber doch jedenfalls werth.«

Während der Tapezierer die Uhr von allen Seiten untersucht, sagt der alte Herr, welcher die beiden Kupferstiche aufmerksam betrachtet hat:

»Das ist etwas sehr Schönes — das ist das Werk eines Mannes von großem Talente, und da diese Blätter sehr rar geworden sind und mir in meiner Sammlung noch fehlen, so hätte ich gerne tausend Francs dafür gegeben.«

Der Handelsmann thut einen förmlichen Luftsprung, als er diese Summe nennen hört, und ruft aus:

»Tausend Francs! Dann, Mademoiselle, brauche ich Ihre Uhr nicht länger anzusehen — ich könnte Ihnen höchstens vierzig bis fünfundvierzig Francs dafür geben, während man Ihnen für diese Kupferstiche einen so schönen Preis bietet — einen Preis, den ich niemals geboten haben würde. Herr von Germilly freilich ist sehr reich — er spricht nicht als Geschäftsmann — er kann sich die Befriedigung seiner Grillen gestatten.«

»Herr Tapezierer,« spricht Peroline, »ich habe Ihnen gesagt, daß ich diese Stutzuhr verkaufen wollte. Ich danke dem Herrn für sein Anerbieten, welches mir ein sehr generöses zu sein scheint — wir wollen aber diese letzte Arbeit unseres Vaters behalten.«

»In der That, Mademoiselle,« hebt der Tapezierer wieder an, »erlauben Sie mir, Ihnen zu sagen, daß Sie unrecht thun — ich kenne Ihre Lage. Sie haben nichts als Ihre Arbeit, um sich und diese beiden Kinder zu ernähren — Sie sind krank gewesen — Sie haben sich genöthigt gesehen, sich ihrer Möbel zu entäußern — mit den fünfundvierzig Francs, die ich für diese Uhr geben will, werden Sie auch nicht weiter kommen, während Sie mit den tausend Francs, die dieser Herr Ihnen bietet, die Ereignisse abwarten können.«

»Ich biete tausend Francs für jeden Kupferstich — also zweitausend für beide,« sagt Herr von Germilly, indem er die junge Patientin und die beiden Kinder aufmerksam betrachtet.

»Zweitausend Francs, Mademoiselle!« ruft der Tapezierer, »für Sie — zweitausend Francs — das ist ja ein förmliches Vermögen!«

Peroline sieht Rosinette an, diese gibt ihr ein verneinendes Zeichen mit dem Kopfe und die Kranke lächelt, indem sie sagt:

»Ich wußte wohl, daß Du eben so denken würdest wie ich, Rosinette. Mein Herr, nehmen Sie diese Uhr. Wir wollen uns von dem, was unserm Vater zu so großer Ehre gereicht, nicht trennen, denn jedes Mal, wo man in unserer Gegenwart diese Kupferstiche lobt, fühlen wir uns stolz — es macht uns das große Freude — und diese Freude würde das Geld uns nicht bereiten.«

Der Handelsmann sagt nichts mehr. Er zählt fünfundvierzig Francs auf den Camin und nimmt die Uhr.

Der alte Herr, welcher Alles, was Peroline gesagt, auf=
merksam angehört hat, grüßt die junge Patientin ehrerbietig,
drückt der kleinen Rosinette die Hand, klopft den Knaben auf
die Wange und geht mit dem Tapezierer fort, nicht ohne sich
erst noch einmal umzudrehen, um die Patientin nochmals zu
grüßen und die beiden Kinder anzulächeln.

Als die beiden Fremden fort sind, eilen die beiden
Kinder an das Bett ihrer Schwester, welche sie umarmt und
zu ihnen sagt:

»Nicht wahr, ich habe recht daran gethan, die beiden
Kupferstiche unseres Vaters nicht zu verkaufen? Nicht wahr,
wir wollen lieber trockenes Brot essen, als sie nicht mehr vor
Augen haben?«

»Ja, ja, meine Schwester, ja, Du hast recht daran ge=
than,« sagt Rosinette, »lieber wollen wir trockenes Brod
essen — und übrigens, wenn wir die beiden Kupferstiche
nicht mehr sähen, würden wir den Hunger weit mehr em=
pfinden.«

Viertes Capitel.

Ein Verfolger. — Ein Ankömmling.

Es sind zehn Tage vergangen, seitdem Abriens Kin=
der sich der Uhr entäußert haben, welche ihren Caminsims
schmückte. Peroline befindet sich auf dem Wege der Genesung,
aber sie ist noch sehr schwach, und trotz all ihres Muthes
muß sie, wenn sie zwei Stunden lang gearbeitet hat, ihre
Arbeit niederlegen und sich Ruhe gönnen.

Jetzt ist es die kleine Rosinette, welche das Haus führt, welche Alles überwacht, Alles besorgt und die, wenn Peroline durchaus arbeiten will, ihre Schwester ausschilt, indem sie zu ihr sagt:

»Du hast also wohl Lust, wieder krank zu werden, wieder das Bett zu hüten? — In der That, Peroline, Du bist unverständig und ich werde noch böse werden, wenn Du nicht auf mich hörst.«

Die ältere Schwester lächelt und gehorcht Rosinetten, indem sie jedoch antwortet:

»Aber ich muß doch Geld verdienen.«

»Das hat keine Eile,« entgegnet die Kleine; »wir haben noch über die Hälfte von dem Gelde für die Uhr.«

»Aber wir dürfen nicht warten, bis wir gar nichts mehr haben.

»Vor allen Dingen mußt Du aber vollständig wieder hergestellt sein — Du willst nicht auf mich hören — wenn mein Cousin käme — wenn unser Freund Dickkopf da wäre, würden sie sagen, daß ich Recht habe, und auf diese würdest Du hören. Aber es besucht uns Niemand mehr — man verläßt uns — man denkt nicht mehr an uns.«

»Rosinette, wir dürfen deswegen nicht glauben, daß man uns vergessen habe. Isidor ist mit seinem Vater auf dem Lande — Du weißt doch, daß er hier war und Abschied von uns nahm.«

»Aber das ist nun schon über vier Wochen her — bleibt man denn auch während des Winters auf dem Lande? — Es ist ja jetzt schon kalt.«

»Es gibt Leute, die erst im December vom Lande zurückkehren — das gehört zum vornehmen Ton.«

„Aber Madame Cabet — der holländische Käse — gehört nicht zum vornehmen Ton."

„Schweig, Rosinette! Wenn die Gattin unseres Onkels Dich hörte, würde sie nicht wenig in Zorn gerathen."

„Das wäre mir ganz gleich — sie würde dann für uns auch nicht weniger thun, als sie jetzt thut. — Ich bin überzeugt, daß sie nur aus Bosheit so lange auf dem Lande bleibt, und weil sie sieht, daß es meinen Cousin Isidor ärgert."

Peroline antwortet nichts, aber sie denkt, daß ihre Schwester vielleicht richtig gerathen habe.«

„Was meinen Freund Samsonnac betrifft," hebt Rosinette wieder an, „so weiß ich wohl, daß er uns gesagt hat, er reise für sein Handlungshaus, aber es ist doch, als wäre es mit Fleiß geschehen — alle Welt ist abwesend, während Du krank gewesen bist — Niemand hat uns besucht — Wie würde Dich ein Besuch erheitert und zerstreut haben! — Ich thue allerdings Alles, was ich kann, um Dich zu erheitern, aber oft gelingt es mir doch nicht."

„Du bist ein Engel, theures Kind — Du vertrittst meine Stelle — Du führst das Hauswesen und Du bist noch nicht acht Jahre alt!"

„O, ich bin auch sehr sparsam!"

„Ich sehe es wohl — Du machst Dir kein Feuer und dennoch frierst Du gewiß."

„Nein, liebe Schwester — und Leopold friert auch nicht. — Nicht wahr, Popol, Du frierst nicht?"

„Ich bin nicht so frostig," antwortet der Knabe, indem er im Zimmer umherläuft. „Wenn mich friert, so stampfe ich mit den Füßen auf die Diele — essen ist mir lieber als mich wärmen.«

Plötzlich wird leise an der Thüre gepocht.

»Ah, da kommt einer von unseren Freunden!« ruft Rosinette aus, indem sie eilt zu öffnen.

Aber sie bleibt ganz überrascht stehen, als sie einen schönen Herrn erblickt, den sie nicht kennt.

Was Perolinen betrifft, so hat sie in dem Anpochenden sofort den jungen Mann erkannt, der ihr auf der Straße nachgelaufen ist, und sie angeredet hat. Auch empfindet sie gleichzeitig ein Gefühl von Furcht und Aerger, welches ihrem hübschen Gesichte einen sehr entschiedenen Ausdruck von Unzufriedenheit gibt.

»Was wünschen Sie, mein Herr?« sagt Rosinette zu dem jungen Manne, der vor ihr steht. Dieser tritt mit sehr ruhiger Miene in das Zimmer, indem er antwortet:

»Ich suche eine Demoiselle, welche Blumenmacherin ist — und ich sehe wohl, daß ich mich nicht irre — denn Sie sind es, Mademoiselle, ich erkenne Sie wieder.«

Dennoch aber, als der junge Mann sich der Reconvalescentin nähert, welche in dem großen Lehnstuhle sitzt und deren abgemagerte blasse Züge hinreichend verkünden, daß sie kaum erst eine schwere Krankheit überstanden hat, verliert er nicht wenig von seiner Dreistigkeit, und die Anwesenheit der beiden Kinder scheint ihm ebenfalls sehr unangenehm zu sein.

»Was wollen Sie von mir, mein Herr?« fragt Paroline mit matter Stimme, der sie aber Festigkeit zu geben sucht.

Ehe der junge Mann antwortet, nimmt er einen Stuhl

und setzt sich dem Lehnstuhle Perolinens gegenüber. Diese möchte gerne etwas zurückweichen, aber sie kann es nicht.

Mittlerweile sagt Rosinette leise zu ihrem kleinen Bruder:

„Sieh nur, wie ungenirt dieser Herr sich benimmt — er wartet gar nicht, bis man ihm einen Stuhl anbietet.“

„Mademoiselle,“ antwortet endlich der Herr, indem er seine Blicke auf Perolinen heftet, welche die Augen niederschlägt, oder sie mit Ungebuld abwendet, um nicht Blicken zu begegnen, welche sie verwunden, „ich komme zu Ihnen — weil ich künstlicher Blumen bedarf — man hat mir Ihre Kunstfertigkeit sehr gerühmt — ich habe geglaubt, Sie könnten für mich eben so gut arbeiten wie für Ihr Magazin — um so mehr, als ich um den Preis niemals handle und Alles bezahlen werde, was Sie verlangen. Machen Sie mir daher fünf oder sechs hübsche Bouquets — zur Garnirung eines Kleides — ich werde Sie Ihnen im Voraus bezahlen, wenn Sie mir erlauben.“

„Nein, mein Herr, ich werde nicht für Sie arbeiten,“ antwortet Peroline in strengem Tone. „Ich habe ein Magazin, welches mir stets Arbeit gibt. Es wäre unrecht von mir, wenn ich andere Bestellungen annehmen wollte.“

„Aber, Mademoiselle, Sie sind ja seit beinahe einem Monate nicht in Ihr Magazin gegangen — das weiß ich ganz bestimmt — ich glaubte beßwegen, Sie hätten aufgehört für dasselbe zu arbeiten.“

„Sie irren sich, mein Herr; wenn ich seit einem Monate nicht wie gewöhnlich in das Magazin gegangen bin, welches mich beschäftigt, so liegt der Grund davon darin, daß ich krank gewesen bin, und daß es mir unmöglich gewesen ist, auszugehen —«

»Ja, in der That, Sie sehen noch sehr blaß aus — man sieht, daß Sie gelitten haben.«

Und sich zu Perolinen neigend, setzt der junge Mann leise hinzu:

»Es fehlt Ihnen hier an Allem — Sie bewohnen eine Mansarde — es ist geradezu ungereimt, während ich Ihnen eine schöne Wohnung und alles biete, was Ihrem Geschmacke schmeicheln kann.«

Peroline thut, als hätte sie nicht gehört und antwortet laut:

»Ich sage Ihnen nochmals, mein Herr, ich kann keine Bouquets für Sie fertigen, und es ist daher vergeblich, wenn Sie noch ferner darauf bestehen.«

Der junge Elegant fährt jedoch fort ihr ins Ohr zu sagen:

»Sie wissen doch, Sie Garstige, daß die Blumen nur ein Vorwand sind — daß ich heraufgekommen bin, um Sie wiederzusehen. Ich bitte Sie, bewahren Sie nicht diese Strenge — erlauben Sie mir, Sie glücklich zu machen — wir wollen diese beiden Kinder in Pension geben — man wird sie gut versorgen — Sie werden Ihre Gesundheit nicht mehr durch die Arbeit ruiniren.«

Die Röthe der Entrüstung steigt der Reconvalescentin ins Gesicht und sie antwortet mit vor Zorn bebender Stimme:

»Mein Herr, ich habe Ihnen schon gesagt, daß Sie sich irren — daß Sie mich für etwas halten, was ich nicht bin! — Der Anblick dieser Kinder — meines Bruders und meiner Schwester — hätte Sie zu sich selbst zurückrufen und

Ihnen begreiflich machen sollen, daß Sie mir Achtung schuldig sind — daß ich nicht zu jenen Frauen gehöre, gegen
welche man eine so erniedrigende Sprache führen darf.«

»Mein Gott, Mademoiselle, Sie erzürnen sich ohne
Grund. Ich führe gegen Sie die Sprache, welche man gegen
alle hübschen Arbeiterinnen führt. — Was Teufel! — man
will Ihr Glück machen und Sie weigern sich! Ich behaupte,
daß dies nicht natürlich ist, und dürfen Sie nicht einen andern Geliebten haben —«

»Mein Herr, Sie beleidigen mich — verlassen Sie
das Zimmer! Ich befehle es Ihnen!«

»Ha! ha! ha! Sie sind reizend, wenn Sie so zornig
sind —«

In diesem Augenblicke aber öffnet sich abermals die
Thür und Samsonnac tritt ein, indem er ruft:

»Wer erlaubt sich hier, meine lieben Kinder zu beleidigen — ha, wie es scheint, komme ich gerade zu gelegener
Zeit!«

Die Mädchen stoßen einen Freudenruf aus, als sie
den jungen Mann erblicken.

Rosinette eilt auf ihn zu, um ihn zu küssen, und Peroline bietet ihm die Hand, indem sie zu ihm sagt:

»Ja, Sie kommen in der That zur gelegenen Zeit,
mein Freund.«

»Capédebions! — Sie sind krank gewesen — ich
sehe es Ihnen am Gesicht an! Was ging denn hier vor?
Wie mir schien, wiesen Sie Jemandem die Thüre, als ich
eintrat — war es dieser Herr?«

Seit Samsonnac's Eintritt geben die Züge des jun-

gen Elegants Aerger und Verdruß zu erkennen und er mur=
melt in spöttischem Tone:

»Wie, also deswegen werde ich zurückgewiesen — des=
wegen zeigt man mir die Thür? In der That, das ist zu
stark, Mademoiselle, ich hätte Ihnen einen besseren Ge=
schmack zugetraut.«

Samsonnac, welcher diese letzten Worte hört, schüttelt
seine Mähne wie ein Schellengeläute und stellt sich vor den
jungen Mann, indem er sagt:

»Was sagten Sie da, wenn ich fragen darf? Wieder=
holen Sie einmal Ihre Worte, wenn Sie es wagen — ha,
Sie lachen! — wie es scheint, war es etwas sehr Ko=
misches —«

»Worein mischen Sie sich?« antwortet der Elegant,
»ich spreche ja nicht mit Ihnen — ich kenne Sie ja nicht.
Ich bin hiergekommen, um mit Mademoiselle zu sprechen,
aber nicht mit Ihnen.«

»Sie sind,« sagt Peroline, »unter dem Vorwande
hierhergekommen, um Blumen bei mir zu bestellen, in der
That aber um mir entehrende Anträge zu machen. Sie wa=
ren mir schon auf der Straße nachgefolgt, und hatten mich
mit Ihren Reden belästigt, trotzdem daß ich Ihnen gesagt
hatte, daß alle Ihre Mühe umsonst sein würde. Jetzt treiben
Sie die Keckheit so weit, sogar in meine Wohnung zu kommen
— der Anblick dieser Kinder, meiner Lage, sogar unserer
Armuth, die ich nicht verhehle, weil sie ehrenvoll ist, nichts
hält Sie auf, Sie versuchen sogar noch, mich durch Ihre
schändlichen Anträge zu verführen, und weil ich dieselben
zurückweise, sagen Sie mir, ich hätte einen Geliebten! —

Ich sage Ihnen nochmals, Sie haben mich beleidigt, und ich werde mir dies nicht gefallen lassen!«

Der elegante Herr war durch das, was Peroline ihm sagte, ein wenig aus der Fassung gebracht. Er hat nicht erwartet, so viel Festigkeit, so viel Charaktergröße in den Worten einer einfachen Arbeiterin zu finden. Er weiß nicht, was er antworten soll, als Samsonnac, auf ihn zugehend, ihm scharf ins Gesicht sieht und zu ihm sagt:

»Ah, Sie haben also Mademoiselle beleidigt. Wohlan, mein Herr, dann werden Sie sich sofort bei ihr entschuldigen — sofort, in meiner Gegenwart — wo nicht, so haben Sie es mit mir zu thun.«

Diese Worte erbittern den schönen jungen Mann aufs Aeußerste. Er stößt den kleinen Samsonnac ziemlich brutal zurück, indem er zu ihm sagt:

»Sie sind sehr drollig, mein kleiner Mann, aber entfernen Sie sich von hier — Sie geniren mich! — In der That, Mademoiselle, Sie sollten sich einen andern Ritter wählen, dieser da ist nicht imposant genug.«

»Ah, steht die Sache so!« ruft Samsonnac aus, und indem er auf den jungen Elegant zueilt, wirft er ihm durch eine Kopfbewegung seine Haare quer über das Gesicht, indem er zu ihm sagt:

»Hier, mein großer Freund! Sie sehen, daß ich lang genug bin, um Sie zu packen.«

Der junge Elegant ist wüthend, Samsonnac's Mähne hat ihm das Gesicht gefegt und ihn in die Augen getroffen. Er wischt sich das Gesicht mit seinem Taschentuche, indem er ausruft:

»Mein Herr, Sie werden mir Rede stehen für diesen Schimpf — wir werden uns schlagen!«

»Das versteht sich — eben deswegen habe ich Ihnen mit meinem Haare eine Ohrfeige gegeben.«

»Hier ist meine Karte, geben Sie mir die Ihrige.«

»Mit Vergnügen. Hier, Melchior Samsonnac, Wein=mäkler, Passage Saulnier Nr. 7.«

»Hier ist die meinige.«

»Ach, sehen wir ein wenig, wem ich das Vergnügen haben werde, den Balg zu durchlöchern: Archibald von Saint=Ouen — o! o! o! von Saint=Ouen — welch ein sonderbarer Name!«

»Nur jetzt keine Späße weiter, mein Herr! Morgen um acht Uhr werden meine Secundanten bei Ihnen sein — sorgen Sie dafür, daß man Sie zu Hause finde.«

»O beleidigen Sie mich nicht, oder ich zwinge Sie, mein Haar noch zu essen!«

Herr Archibald von Saint=Ouen — denn nun wissen wir, daß es der intime Freund des Herrn Rogille ist, wel=cher sich bei Perolinen eingefunden hat — erachtet es nicht für nothwendig, seinen Aufenthalt bei der jungen Blumen=macherin zu verlängern, und nachdem er einen zornigen Blick um sich geworfen, verläßt er das Zimmer, indem er die Thür mit lautem Gekrach hinter sich zuschlägt — eine kleine Rache, welche sich zornige Leute fast allemal erlauben.

»Endlich sind Sie Ihres Verfolgers ledig!« sagt Sam=sonnac, indem er der Reconvalescentin die Hände darreicht.

»Ach, mein lieber Herr Samsonnac — um welchen Preis — Sie werden ein Duell mit dem jungen Manne haben und ich bin die Ursache davon — ach, ich bin außer mir!«

»Und ich bin entzückt, diesem Herrn zu beweisen, daß kleine Leute eben so viel vermögen als große. Und dies geht Sie nichts an — es ist dies meine persönliche Angelegenheit, denn er hat mich ja auch beleidigt.«

»Ja wohl,« sagt Rosinette, »er wird Grund haben, sich zu schlagen. Dieser Mensch belästigte meine Schwester — sprach leise mit ihr, dann wollte er nicht fortgehen. — Ha! wenn ich groß wäre, so schlüge ich mich selbst mit ihm.«

»Na, lassen wir diesen Herrn, der vielleicht morgen etwas zahmer sein wird, und beschäftigen wir uns mit Ihnen — Sie sind also sehr krank gewesen, liebes Kind?«

»Ach ja — sehr krank — und ich bin noch sehr matt.«

»Und dieser rohe Mensch konnte es wagen, Ihr Gemüth auf diese Weise zu erschüttern. Ach, mein Gott — Ihr Camin — keine Uhr mehr — keine Leuchter mehr — ach, arme Freundin — ich verstehe! Indeß, nun bin ich wieder da — ich habe eine gute Reise gemacht — ich habe mir etwas verdient — ich habe die Reisespesen gehörig berechnet, denn ich hatte gleichsam eine Ahnung, daß mir dieses gute Dienste leisten würde und ich hoffe, daß man mein Geld nicht zurückweisen wird — ich nehme keine solchen Zinsen dafür, wie dieser Herr.«

Mit diesen Worten zieht Samsonnac hundert Francs aus der Tasche, die er auf den Tisch legt.

»Aber, mein Freund, ich schwöre Ihnen, daß wir jetzt kein Geld brauchen,« sagt Peroline. »Wir haben dessen noch von dem Verkaufe unserer Uhr und übrigens fange ich jetzt auch wieder an zu arbeiten.«

„Und ich schwöre Ihnen, wenn Sie mich abweisen, so sehe ich Sie in meinem Leben nicht wieder. — Es soll bloßes Darlehen sein — Sie werden mir es zurückerstatten, wenn Sie reich sein werden, — Sie sind meine Schwestern — ich bin Ihr Bruder — unter diesem Namen theile ich mit Ihnen.“

„Liebe Schwester,“ sagt Rosinette, „Du darfst ihn nicht abweisen, denn es würde ihn betrüben — übrigens bin ich es jetzt, die das Haus führt — und ich nehme das Anerbieten an.“

„Bravo, das nenne ich gut gesprochen! Und unser Cousin Isidor — wie steht es mit ihm?

„Er hat seinem Vater und seiner Stiefmutter auf ihr Landhaus in Livry folgen müssen — es sind nun vier Wochen, seitdem er fort ist — er weiß nicht, daß ich krank gewesen bin.“

„Der arme Knabe! Es ist auch besser, daß er es nicht gewußt hat.“

„O, ich bin überzeugt, daß er das Land verlassen hätte, um meine Schwester zu besuchen.“

„Meine Kinder, hoffen wir, daß eure schlimmen Tage nun vorbei sind — ich bin nun wieder da — ich werde kommen und Euch ein wenig aufheitern. — Ha, hier ist ein kleines Fläschchen besonders guter süßer Wein, den ich die Wirthschafterin des Hauses bitte anzunehmen.“

„Das ist schön von Ihnen, daß Sie an mich gedacht haben,“ sagt Rosinette; „aber sei unbesorgt, Popol — ich werde ihn nicht allein trinken. — Nun, liebe Schwester, Du sagst ja gar nichts — Du siehst so traurig aus.“

„Ach, ich denke an das Duell!“

»Und ich, ich bitte Sie, nicht daran zu benken — es wird einen guten Ausgang nehmen — beffen bin ich gewiß. Doch, mein Secunbant — bamit muß ich mich nun auch beschäftigen. Auf Wiederfehen, liebe Kinder! — morgen befuche ich Sie wieder.«

»Ach ja! — Lafjen Sie uns nicht vergebens warten — fonft —«

»Ich fage Ihnen, baß ich wieder kommen werde — meine Ahnungen trügen mich niemals — also, auf Wieder= fehen morgen!«

Fünftes Capitel.

Liebe und Freundschaft.

»Morgen schlage ich mich!« spricht Samfonnac, indem er nach Haufe zurückfehrt. »Das ift fehr bumm — bie Duelle find überhaupt etwas Dummes. Dennoch bereue ich nicht, was ich gethan. O nein! Und wenn berfelbe Fall fich nochmals ereignete, fo würde ich eben fo handeln — boch gleichviel — es ift fehr unangenehm, ein Duell zu haben — fich fagen zu müffen: Morgen wird man mich vielleicht um= bringen — ober ich werde ben Anbern umbringen — das ift bumm. — Mein Gott, wie bumm ift es! — Der Teufel hole bie, welche das Duell erfunden haben. Allerdings fchreibt fich das Duell fchon von alter Zeit her. Die Men= fchen haben fich von jeher fchlagen müffen, benn fie können ja niemals lange einig fein. Eben noch war ich ganz heiter und fröhlich, und fagte bei mir felbft: Heute will ich einmal recht gut biniren — ich werde zu Deffieur gehen — bann

werde ich mir im Café gütlich thun. Jetzt dagegen habe ich
weiter nichts im Kopfe, als dieses verwünschte Duell, und
dies raubt mir den Appetit. Ich schieße allerdings nicht
schlecht — ich habe schon mehrmals die Puppe von der
Scheibe geschossen — wenn aber der Andere den Degen
wählen sollte — er hat das Recht dazu, denn er hat die
Ohrfeige mit meinem Haar bekommen — es klatscht aller=
dings nicht wie mit der Hand, aber es ist immer sehr be=
leidigend. — Gehen wir zu Denisart — der soll mein
Secundant sein. Uebrigens ist er ein recht guter Fechter, er
soll mir den ganzen Abend Unterricht geben. — Mein Gott,
wie dumm ist es, sich zu schlagen — und diniren — diniren
muß man doch auch — ich werde Denisart mit zu meinem
Diner einladen — und mein zweiter Secundant — ach, wie
langweilig — doch gleichviel, ich werde meinen Portier dazu
nehmen — er ist ein alter Soldat — dies genügt.«

Samsonnac begibt sich zu seinem Freund Denisart.
Dieser ist ein Student der Rechte, den er schon in Bordeaux
gekannt und in Paris wiedergefunden hat.

Der Student ist ein Hitzkopf, der schon mehrere Ehren=
sachen gehabt hat. Er nimmt den Antrag, den der Wein=
mäkler ihm macht, an, und verspricht, anstatt des Portiers,
welchen Melchior zu seinem zweiten Secundanten zu neh=
men gedachte, einen seiner Freunde mitzubringen.

»Aber ich bitte Dich, lieber Freund,« sagt Samsonnac,
»gib mir schnell eine Lection — damit ich fechten und mich
gehörig vertheidigen lerne. Wenn Du mich vollends lehren
könntest, meinen Gegner zu entwaffnen, das wäre noch
besser.«

»O das ist sehr leicht — ich habe Floretts — aber es

ist jetzt die Stunde zum Diner — wir wollen hernach
fechten.«

»Nein, gib mir gleich erst eine Lection — das wird
mir Appetit machen — nach dem Diner fangen wir dann
wieder an.«

Der Student nimmt seine Floretts, gibt Samsonnac
eine Drahtmaske, und die Lection beginnt.

Samsonnac entwickelt so viel Behendigkeit und Feuer,
daß er mit seinem Florett, auf's Gerathewohl zustoßend, seinen Lehrer berührt, welcher ausruft:

»Bravo. Ich weiß nicht, was für einen Stoß Du mir
versetzt hast — ein regelmäßiger war es nicht, aber Du hast
mich doch getroffen.«

»Dafern ich meinen Mann verwunde, so frage ich
weiter nicht darnach, ob es regelrecht geschehen ist.«

»Gehen wir jetzt diniren.«

»Noch eine kurze Lection.«

»Gut — es sei. — Ah, nimm Dich in Acht — Du
parirst nicht gut — ich habe Dich getroffen.«

»Ich wollte mir die Regel einprägen —«

»Gehen wir zu Tische —«

»Noch einige Stöße.«

»Zum Teufel! Du machst deine Sache ja ausgezeich-
net. Wenn ich jetzt meinen Degen nicht so gut gehalten
hätte, so wäre er mir aus der Hand geflogen — Du hast
eine furchtbare Kraft in der Faust.«

»Das kommt von meinem Haar — es geht mir wie
Simson —«

»In der That, ich glaube, Du wirst deine Sache ganz
gut machen — gehen wir nun zu Tische.«

„Gleichviel — dumm bleibt es doch, daß man sich schlagen muß.«

„Aber, Samsonnac, Du bist doch kein Feigling.«

„Nein, gewiß nicht — und vollends für das Mädchen, deren Vertheidigung ich übernommen habe, würde ich durch Wasser und Feuer gehen. Du wirst mich auf dem Kampfplatze sehen — ich werde wie ein Löwe sein — dennoch aber ist es etwas sehr Dummes, sich zu schlagen. —

Die Herren gehen zu Tische — dann nach dem Kaffeh verlangt Samsonnac wieder eine Fechtstunde.

So vergeht der Abend und nach Hause zurückgekehrt, fängt er nochmals an mit dem Stöckchen, womit er seine Kleider ausklopft, gegen die Wand zu fechten.

Am nächstfolgenden Tage, acht Uhr Morgens, hat Samsonnac seine beiden Secundanten bei sich und es dauert nicht lange, so sieht er zwei sehr elegante junge Herren kommen.

Es sind die Secundanten seines Gegners.

Man verabredet, sich um ein Uhr an dem Thor Saint-Mandé zu treffen. Die ziemlich heftige Kälte erlaubt zu glauben, daß man dort wenig Spaziergänger begegnen wird.

Herr Archibald hat den Degen gewählt. Nachdem man sich auf diese Weise über Alles geeinigt hat, trennt man sich auf die höflichste Manier, und Samsonnac führt seine Secundanten zum Frühstücke, indem er bei sich sagt:

„Ein Duell kommt theuer — ich will mich nicht oft schlagen.«

Zur verabredeten Stunde führen zwei Wägen die Gegner und die Secundanten nach dem bestimmten Platze.

Samsonnac sagte nicht mehr bei sich: „Ha, wie dumm ist es, sich zu schlagen" — er dachte an Perolinen und fühlte sich glücklich, ihr Rächer zu sein. Der schöne Archibald schien weit weniger hochfahrend zu sein, als am Tage vorher. Sein Gesicht war düster und er schien jetzt durchaus keine Lust mehr zu haben, über seinen Gegner zu spotten.

Mittlerweile wählte man den Terrain und in dem Augenblicke, wo die beiden Gegner die Röcke ausziehen wollen, tritt Freund Denisart zwischen sie und sagt:

„Meine Herren, ehe Sie sich schlagen, liegt uns Secundanten die Pflicht ob, Sie zu fragen, ob diese Angelegenheit nicht auf friedliche Weise arrangirt werden könnte. Liegt denn wirklich eine schwere Beleidigung vor?"

„Ja wohl, ja wohl!" ruft Archibald, indem er seinen Rock auszieht und auf die Erde wirft. „Dieser Herr hat mich beleidigt, indem er mir seine Haare in's Gesicht warf. Ich verlange Satisfaction!"

„Damit bin ich vollkommen einverstanden," antwortet Samsonnac, indem er ebenfalls seinen Rock auszieht, „denn ich finde Sie sehr strafbar, weil Sie sich erlauben, eine so ehrenwerthe Person wie Mademoiselle Peroline Braillard, die Jedermann achten und schätzen muß, wie eine Lorette — wie eine — zu behandeln."

Als Archibald den Namen Braillard nennen hört, erschrickt er förmlich und stammelt dann:

„Entschuldigen Sie, mein Herr — wie nannten Sie jene junge Dame?"

„Ach, Sie kannten also nicht einmal ihren Namen, als Sie in ihrer Wohnung erschienen?"

„Ich wußte, daß sie Blumenmacherin war — nichts
weiter."

„Wohlan, mein Herr, sie heißt Peroline Braillarb —
sie arbeitet Tag und Nacht, um ihren Bruder und ihre
Schwester zu ernähren, denn diese armen Kinder sind Waisen,
und dennoch haben sie reiche Onkel — Onkel, die eine Rolle
in der Stadt spielen — der eine ist Advocat, der andere
ehemaliger Geschäftsmann. Letzterer hat Dienerschaft, Landhaus — Rente und eine Frau — Madame Cabet Braillarb, welche alles dies dirigirt und mit so viel Menschen-
freundlichkeit und Großmuth, daß Herr Cabet, der zwan-
zigtausend Francs Einkünfte hat, die Kinder seines Bruders
verhungern läßt. Allerdings macht der älteste Bruder, der
Advocat Désiré Braillarb, es eben so, aber dieser hat, wie
man sagt eine Tochter, die sein ganzes Vermögen aufzehrt.
Dies, mein Herr, ist die Familie des jungen Mädchens,
deren Freund, Bruder und gegenwärtig Vertheidiger zu
sein ich mir zur hohen Ehre anrechne. — Nun, mein Herr,
wenn es Ihnen beliebt, stehe ich Ihnen zu Diensten."

Anstatt aber sich auszulegen, wirft Archibald seinen
Degen von sich, indem er sagt:

„Mein Herr, ich hatte schon von Mademoiselle Peroline sprechen hören — ich weiß folglich, daß Alles, was
Sie sagen, wahr ist — ich sehe ein, daß ich unrecht gehandelt habe — sehr unrecht, mich gegen sie zu benehmen, wie
ich gethan, und Reden gegen sie zu führen, welche sie
nicht geschaffen ist zu hören. Ich thue ihr dafür hiermit
laute Abbitte in Gegenwart dieser Herren — wenn ihr dies
nicht genügt, so will ich meine Worte vor ihr selbst wiederholen. Und nun, mein Herr, halte ich jeden Kampf zwi-

ſchen uns für überflüſſig, dafern Sie nicht durchaus darauf
beſtehen.«

Samſonnac iſt nicht wenig erſtaunt über das, was er
hört, im Grunde ſeines Herzens aber iſt ihm dies nicht unangenehm. Dennoch nimmt er eine würdevolle Miene an
und antwortet:

»Mein Herr, wenn ich blos meinem inneren Drange
Gehör ſchenken wollte, ſo würde ich mich lieber ſchlagen —
ich kenne aber das gefühlvolle Herz der Mademoiſelle Peroline — ſie war ganz untröſtlich, die, wenn auch unfreiwil-
lige Urſache eines Zweikampfes zu ſein. Deshalb wird ſie
ſich ſehr freuen, zu hören, daß kein Blut vergoſſen worden
iſt, und daß die Sache auf dieſe Weiſe geſchlichtet ward.
Demgemäß nehme ich die Entſchuldigungen, die Sie ihr
machen, an, und fahre wieder in meinen Rock.«

Archibald thut daſſelbe. Die Herren begrüßen einander höflich, obſchon ohne einander die Hand zu reichen, und
jeder ſteigt wieder in den Wagen, der ſie hierher geführt hat.

»Das verlohnte der Mühe, erſt geſtern ſo viel Fecht-
übungen vorzunehmen,« ſagt der Student Deniſart zu dem
kleinen Weinmäkler.

»Lieber Freund,« antwortet dieſer, »ich bin darüber
nicht böſe — man weiß nicht, was geſchehen kann — die
erworbene Fertigkeit kann mir ein ander Mal nützen.«

Während dies geſchah, ſchwebte man bei den drei
Verwaiſten in der größten Unruhe. Der Gedanke, daß ſie
Urſache eines Duells war, verfolgte Peroline unaufhörlich
und bereitete ihr die martervollſten Qualen.

Schon bei Tagesanbruch hatte ſie Roſinetten gerufen,

um sie zu fragen, welche Zeit es wäre, und die Kleine
hatte ihr, sich die Augen reibend, geantwortet:

»Aber, liebe Schwester, Du vergissest, daß wir keine
Uhr mehr haben. Ich weiß ebensowenig als Du, welche
Zeit es ist.«

»Ach, Du hast Recht, ja, ich vergesse das oft.«

»Willst Du, daß ich bei einer Nachbarin frage?«

»Nein, nein, es ist noch zu früh, wir dürfen Niemanden wecken.«

»Aber warum schläfst Du nicht?

»Ach, Rosinette, wie soll ich schlafen, wenn ich weiß,
daß heute jener wackere junge Mann, unser wahrer Freund,
sich für mich schlagen wird.«

»Das ist wahr, liebe Schwester. Ich habe die ganze
Nacht von Dickkopf geträumt, aber er war heiter, er tanzte,
er war ganz rosa gekleidet. O, das muß ein gutes Zeichen
sein, ich bin überzeugt, daß ihm nichts begegnen wird; zu
welcher Stunde wird er sich denn schlagen?«

»Mein Gott, ich weiß es nicht, ohne Zweifel des Vormittags; ach, wie lang wird die Zeit mir werden!«

»Durch diese Unruhe und Angst wirst Du Dich wieder
krank machen.«

»Aber ich kann doch nicht dafür. Bist Du nicht auch
unruhig?«

»Allerdings, aber ich ängstige mich nicht. Nur dieses kleine Murmelthier von Popol ist sehr ruhig, — er schläft
wie eine Ratte.«

»O, wecke ihn nicht auf, er ist sehr glücklich.«

Jede Stunde, welche auf diese Weise vergeht, steigert
die Unruhe der beiden Mädchen. Es hat auf der benachbar-

ten Kirche schon Zwölf geschlagen und Samsonnac ist noch nicht zum Vorschein gekommen.

Plötzlich hört man rasch die Treppe heraufkommen, dann bleibt Jemand vor der Thüre stehen.

»Das ist er! Das ist er!« rufen die beiden Schwestern und Rosinette eilt zu öffnen.

Anstatt Samsonnac aber ist es Isidor, welcher in das Zimmer hereingestürzt kommt, Perolinen bei den Händen faßt und zu ihr sagt:

»Liebe Cousine, es ist also wahr — Du bist sehr krank gewesen —«

»Isidor, — da bist Du, —welch ein Glück! Ja, ich bin krank gewesen; aber wer hat es Dir gesagt?«

»Deine Stubennachbarin, welcher ich unten begegnete.«

Ja, lieber Cousin, meine Schwester ist sehr krank gewesen und wir haben viel Noth auszustehen gehabt.«

»Arme Kinder!«

»Sie sagt Dir nicht auch, Isidor, daß sie meine Krankenwärterin gewesen ist, daß sie mich gepflegt, daß sie bei mir gewacht hat, eine Person von zwanzig Jahren hätte es nicht besser machen können.«

»Liebe Kleine, komm und gib mir einen Kuß! Mein Gott, aber auf eurem Camin, — nichts mehr. Ach, ich errathe, und ich war nicht da, ich hatte nichts gewußt, ich hatte nichts für Euch gethan.«

Isidor vergießt Thränen.

Peroline bemüht sich, ihn zu trösten, indem sie zu ihm sagt:

»Mein Cousin, es hat uns an nichts gefehlt, ich

schwöre es Dir. Was kommt darauf an, daß wir uns einiger Gegenstände entäußert haben, die uns nicht unumgänglich nothwendig waren, die kostbarsten haben wir ja noch."

Und die Blicke des jungen Mädchens heften sich auf die Kupferstiche ihres Vaters.

"O meine Stiefmutter!" ruft Isidor im Tone des Zornes, "mit raffinirter Bosheit hat sie mich bis diesen Tag auf dem Lande zurückgehalten — ja, ich bin davon überzeugt, aber heute hatte ich keine Ruhe mehr, ich bin fortgegangen."

"Ohne deine Familie, Isidor?"

"Ja, ohne sie — ich konnte nicht mehr existiren, ohne Euch zu sehen."

"Lieber Cousin!"

Und die beiden jungen Leute betrachten sich mit zärtlichem Blicke und können nicht müde werden, in diesen Augen, in welchen sie sich abspiegeln, jene ganze Liebe zu lesen, welche sich seit einem Monate nicht hat mittheilen können.

"Da mein Cousin da ist," sagt Rosinette, "so will ich diese Zeit, wo Du nicht allein sein wirst, benutzen, um unseren heutigen Bedarf einzukaufen. Jetzt gehe nämlich ich einkaufen, Isidor, ich führe die Wirthschaft. Nicht wahr, lieber Cousin, Du wirst nicht eher fortgehen, als bis ich wieder da bin?"

"O nein, ich kann lange bleiben, wenn Peroline es erlaubt — ich will mich für die Zeit entschädigen, wo ich ihren Anblick habe entbehren müssen."

"Nun gut," hebt die Kleine wieder an, "ich werde

unten fragen, welche Zeit es ist — denn Du haft doch keine Uhr, lieber Coufin?«

»Nein; Madame Cadet hat meinen Vater überredet, daß, wenn ich eine Uhr hätte, man fie mir ftehlen würde.«

»Gut, ich werde fragen, welche Zeit es ist — denn fiehft Du, Ifidor, wir find in großer Unruhe wegen des Schickfals unferes Freundes Samfonnac, der fich für Perolinen heute duellirt.«

»Mein Gott! Was fagft Du da? Was höre ich?«

»Ach, Rofinette, kannft Du Dir denn diefe Schwatz= haftigkeit nicht abgewöhnen? Ich wollte Ifidor diefe Sache verfchweigen.«

»Warum denn? — er hätte fie durch Dickkopf, wenn diefer wiederkommt, doch erfahren. Uebrigens hätteft Du mir einen Wink geben follen — ich konnte doch nicht errathen —«

Die Kleine ift fort und Peroline erzählt nun ihrem Coufin alles, was vorgefallen ift. Als er hört, daß ein junger Mann die Perfon, die er anbetet, verfolgt hat, und daß er fogar zu ihr gekommen ift, um ihr unwürdige Anträge zu machen, ballt er die Fäufte und geht zornig im Zimmer auf und ab, indem er ausruft:

»Mein Gott, und ich war nicht da, um diefen Menfchen hinauszuwerfen! Aber ich werde ihn kennen lernen — ich werde den Unverfchämten umbringen!«

»Ifidor, ich bitte Dich, beruhige Dich. Unfer Freund Samfonnac kam dazu und behandelte diefen jungen Mann, wie er behandelt zu werden verdiente — eine Heraus= forderung war die Folge davon, und ohne Zweifel haben fie fich heute gefchlagen. Ift es denn an einem Duell noch nicht genug? Großer Gott, soll ich auch noch für dein Leben zittern?«

»Aber, liebe Cousine, wenn nicht unser Freund diesen Herrn umgebracht hat, dann muß ich ihn nothwendig umbringen.«

»Ich bitte Dich, rede nicht so! — ich kann es nicht hören — und ich bin noch so schwach.«

»Verzeihe, o verzeihe mir, liebe Cousine — ich habe Unrecht, aber dennoch — wenn Samsonnac nicht wiederkäme — Du weißt wohl den Namen jenes Herrn?«

»Nein, lieber Cousin, ich habe ihn vergessen und wenn ich mich auch darauf besänne, so könntest Du doch überzeugt sein, daß ich ihn Dir nicht sagen würde.«

Isidor schlägt sich auf die Stirn und murmelt:

»Von einem Unbekannten verfolgt und beleidigt — und ich bin nicht ihr Rächer, — mein Gott, war ich nicht schon unglücklich genug?«

»Unglücklich genug, sagst Du? Welchen neuen Anlaß zum Kummer hast Du denn? Lieber Cousin, Du mußt mir Alles sagen, denn Du siehst ja, daß ich Dir Alles sage, was mich angeht.«

»Ach, liebe Cousine, meine Stiefmutter weiß nicht, was sie ersinnen soll, um mich zu quälen. Aber diesmal bin ich fest entschlossen fortzugehen — nicht mehr bei meinem Vater zu bleiben, wenn man mir noch einmal von diesem entsetzlichen Heiratsproject spricht.

»Von welchem Heiratsproject!« ruft Peroline, welcher bei diesen Worten das Blut ins Gesicht gestiegen ist.

»Denke Dir nur, liebe Cousine, in Livry haben wir einen ehemaligen Lohgerber, einen gewissen Montrognon,

zum Nachbar — einen ganz ordinären Mann, der eine Frau
und eine Tochter hat, die ebenfalls von seinem Schlage sind.
Diese Leute sind aber reich, und bei Madame Cadet wiegt
dies alle andern guten Eigenschaften auf. Deshalb hat sie
sich in den Kopf gesetzt, daß ich Mademoiselle Artemisia
Montrognon heiraten soll — ein langes, rothhaariges, häß=
liches Mädchen! Aber selbst wenn sie schön wäre wie ein
Engel, würde ich sie doch nicht heiraten wollen, denn ich
liebe eine Andere — mein Herz ist nicht mehr mein.«

Perolinens Gemüthsbewegung verdoppelt sich und sie
stammelt mit zitternder Stimme:

»Du liebst eine Andere, mein Cousin — Ah! — Und
hast Du es ihr schon gesagt, dieser Andern?«

Isidor sinkt vor seiner Cousine auf die Knie nieder, er=
faßt ihre Hände, die er heftig drückt, indem er ausruft:

»Ha, Peroline, habe ich denn nöthig es ihr zu sagen?
— Meine Cousine! weißt Du nicht, daß Du es bist, die
ich liebe — die ich anbete — die ich mein ganzes Leben
lang lieben werde — daß Du es bist, die ich zu meinem
Weibe nehmen werde, dafern Du mich nicht zurückweisest,
dafern Du mich nicht hassest. Dieses Geständniß — mein
Mund hatte allerdings noch nicht gewagt, es Dir zu thun,
aber meine Augen müssen es Dir schon haben errathen
lassen.«

»Ja, mein Cousin, ich hatte es errathen,« antwortet
das junge Mädchen, deren Physiognomie jetzt das vollkom=
menste Glück zu erkennen gibt. »Isidor — ach, ich kann
mich nicht verstellen — ich bin keine Kokette — warum
sollte ich Dir die Freude verhehlen, welche deine Worte in
mir erwecken?«

»Theure Peroline! Du liebst mich also auch?«

»Er fragt es — ach, ich bin überzeugt, daß Du es auch errathen hattest.«

Unsere beiden Liebenden wiederholten sich mehrmals den Schwur, sich immer zu lieben — einen Schwur, den man niemals müde wird zu hören und zu thun, wenn er aufrichtig ist — ja sogar oft dann, wenn er es nicht ist.

Aber hier logen die Lippen nicht; Isidor und Peroline liebten sich schon seit langer Zeit, aber es war dies das erste Mal, daß sie es einander sagten. Man kann sich daher einen Begriff von dem Vergnügen machen, welches sie daran fanden.

Die Freude, welche sie empfinden, läßt sie sogar das Duell vergessen, welches stattfinden soll.

Eine Stimme schreckt sie aus ihrer süßen Extase auf. Es ist die Rosinettens, welche schon von der ersten Stufe der Treppe heraufruft:

»Da ist er — unser Freund Samsonnac — er ist unversehrt — es ist ihm nichts geschehen — da ist er — ängstet Euch nicht mehr!«

In der That kam Samsonnac auch bald, von der Kleinen begleitet, zum Vorschein. Isidor eilt auf ihn zu, schließt ihn in seine Arme und sagt:

»Wackerer Freund, ich weiß was Sie für meine Cousine gethan haben — Sie haben meine Stelle vertreten. — Ha, das werde ich niemals vergessen!«

»Unser Freund, unser Bruder,« sagt Peroline ihrerseits, indem sie Samsonnac die Hand bietet. »Welche Freude für mich, Sie wiederzusehen — wir waren hier in so großer Angst — doch — Sie sind nicht verwundet.«

„Nein, ich bin durchaus nicht verwundet,“ antwortet Samsonnac lächelnd, „und es wäre auch ein Wunder, wenn ich es wäre, denn es hat gar kein Kampf stattgefunden.“

„Kein Kampf!“ ruft Isidor; „ha, ich errathe es, der Feigling hat sich nicht gestellt — er hat einen falschen Namen genannt.“

„Nein, Sie haben es nicht errathen, lieber Freund. Lassen Sie mich Ihnen die Dinge erzählen, wie sie passirt sind. Schlag ein Uhr waren wir an dem Thore von Saint-Mandé — jener Herr mit seinen Secundanten, ich mit den meinigen. Die gewählte Waffe war der Degen und ich will Ihnen nicht verschweigen, daß ich seit gestern ganz wüthende Lectionen genommen hatte — es ist nicht verboten, seine Haut vertheidigen zu wollen. Wir hatten bereits die Röcke ausgezogen, wir waren im Begriffe, loszulegen, als ich, eine Bemerkung meines Gegners beantwortend, mir erlaubte, Sie zu nennen, Mademoiselle Peroline, indem ich sagte, daß ich mich sehr geehrt fühlte, Ihr Vertheidiger zu sein. Kaum aber hatte ich Ihren Namen, Peroline Braillard, genannt, als mein Gegner im höchsten Grade überrascht zu werden schien. Er fragte mich dann näher über Ihre Familie aus. Ich sagte ihm Alles, was ich weiß, und verfehlte nicht, Ihre liebenswürdigen Onkel so zu schildern, wie sie es verdienten. Ich bitte den Sohn des Herrn Cadet deswegen um Verzeihung, aber ich habe blos die Wahrheit gesagt. Als ich fertig war, kam mein Gegner mit zerknirschter Miene auf mich zu und sagte zu mir: „Mein Herr, ich hatte schon von Mademoiselle Peroline sprechen hören — ich weiß freilich, daß Alles, was Sie sagen, wahr ist — ich sehe ein, daß ich unrecht gehandelt habe —

sehr unrecht, mich gegen sie so zu benehmen, wie ich gethan, und
Reden gegen sie zu führen, welche sie nicht geschaffen ist, zu
hören. Ich thue ihr dafür hiermit laute Abbitte — in Gegenwart dieser Herren — wenn ihr dies nicht genügt, so will
ich meine Worte vor ihr selbst wiederholen. Und nun, mein
Herr, halte ich jeden Kampf zwischen uns für überflüssig, dafern
Sie nicht durchaus darauf bestehen!« Nachdem ich diese Worte
gehört, war ich der Meinung, daß das Duell überflüssig sei
— ich setzte sogar voraus, daß Sie sich freuen würden, zu
erfahren, daß wir uns nicht geschlagen. — Habe ich recht gerathen? Wenn meine Voraussetzung nicht richtig ist, so reden
Sie, und ich bin sofort bereit, für Sie blank zu ziehen!«

»O nein, mein lieber Herr Samsonnac,« sagt
Peroline, »ich freue mich im Gegentheile sehr, zu wissen,
daß dieser Kampf nicht stattgefunden hat. Dieser junge Mann
hat Abbitte gethan, was kann man mehr von ihm verlangen? Nicht wahr, lieber Cousin?«

Isidor scheint nicht unbedingt derselben Meinung zu
sein. Er antwortet:

»Liebe Cousine — wenn Du zufriedengestellt bist. —
Und wie heißt er, dieser Herr, welcher von Dir hatte sprechen hören, ohne Dich zu kennen?«

Samsonnac hat in Perolinens Auge die Antwort ge-
lesen, welche er zu geben hat.

»Mein lieber Isidor,« sagt er, »die Sache ist ab-
gewickelt, wie der Jurist sagt, folglich habe ich den Namen
dieses jungen Mannes vergessen, und Sie brauchen ihn überhaupt nicht zu wissen.«

»Aber dennoch —«

»Ach, lieber Cousin — ich bitte Dich — frage nicht

weiter — ich war jetzt so glücklich — möchtest Du mir jetzt neuen Kummer bereiten?«

Peroline hat diese Worte mit so rührender Stimme gesagt, daß Isidor seinen Zorn sich legen fühlt. Er faßt die Hand seiner Cousine, drückt sie an sein Herz und sagt:

»Ich habe Unrecht — ich habe Unrecht, verzeihe mir. Ach, mein lieber Samsonnac, wenn Sie wüßten, wie glücklich ich bin! — Ich bete meine Cousine an, und sie hat mir gestanden, daß sie mich liebt. Ach, Peroline, entschuldige, daß ich dies Alles sage — aber mein Herz ist so voll — es muß sich Luft machen.«

»Glauben Sie vielleicht, mir dadurch etwas Neues zu sagen?« antwortet Samsonnac lächelnd. »Ich war noch nicht fünf Minuten bei Ihnen Beiden, so wußte ich schon, daß Sie einander liebten.«

»Wirklich, mein Freund?«

»Ja, meine schöne, junge Dame. Ach, die wahre, aufrichtige, naive Liebe verräth sich sehr leicht. Nur die strafbare Liebe weiß sich zu verbergen, aber auch diese nicht immer.«

»Aber ach!« hebt Peroline wieder an, »was wird unsere Liebe uns nützen? Man will Isidor an eine reiche junge Dame vermälen.«

»Aber ich mag ja Mademoiselle Montrognon nicht heiraten!«

»Er hat Recht — mon trognon — pfui, so etwas möchte ich auch nicht.«

»Aber selbst dann, wenn er dieses Mädchen nicht heiratet, wird doch seine Familie niemals zugeben wollen, daß ich sein Weib werde, — ich, die ich nichts habe.«

»O doch, o doch!« ruft die kleine Rosinette, »wir haben etwas — unser Freund Langhaar hat uns ja hundert Francs geliehen.«

Samsonnac gibt Rosinetten einen leichten Schlag auf die Wange und sagt:

»Liebes Kind, ich glaube, Du thätest am besten, wenn Du Tambour würdest — das ist dein Beruf, die trommeln auch Alles aus, was sie wissen.«

»Ja, sie ist wirklich sehr schwatzhaft!« spricht Peroline; »aber im Grunde genommen darf dies einmal kein Geheimniß für unsern Cousin bleiben.«

»Unser Freund ist sehr glücklich,« sagt Isidor seufzend, »er kann Euch Gefälligkeiten erzeigen, während ich, nachdem ich einen Monat gespart, doch nicht mehr als zwölf Francs in der Tasche habe.«

»Na, Capédébions, nur keine Kopfhängerei! unter uns muß das, was dem Einen gehört, auch dem Andern gehören. Ach, wenn ich es erst zu etwas gebracht hätte — aber ich habe es noch zu nichts gebracht. Doch gleichviel, ich will Euch vermälen, meine Kinder — ich will es — und es wird mir gelingen.«

»Und die Hindernisse?«

»Wenn es keine Hindernisse gäbe, wo wäre dann das Verdienst? Sind Ihre liebenswürdigen Eltern wieder nach Paris zurück, mein junger Liebesheld?«

»Noch nicht, aber ich glaube in zwei Tagen werden sie es sein.«

»Schon!« murmelt Peroline seufzend. »Dann wirst Du mich nicht mehr besuchen dürfen.«

»Mittlerweile führe ich Freund Isidor mit mir biniren,

benn wir bürfen unfere Reconvalescentin nicht allzufehr er=
müben.«

»Sie haben Recht, Samfonnac, ich folge Ihnen. Heute
Abenb aber werden wir wieberkommen, um Perolinen Gefell=
fchaft zu leiften — unb bann werbe ich Popol auch einige
Kuchen mitbringen.«

»Ach, ich banke Dir, mein Coufin!«

»Armer Kleiner! Wie artig er ift!«

»Das ift wahr!« fagt Samfonnac lachenb, »fo viel
wie feine kleine Schwefter fchwatzt er nicht.«

Rofinette fieht ben jungen Weinmäller mit pikirter
Miene an, indem fie fagt: »Es ift gut, Herr Dickkopf — ich
werbe gar nichts mehr fagen, ba Sie mich einen Tambour
nennen. Unb bennoch hätte ich Ihnen etwas fagen können, wor=
über Sie gewiß in großes Erftaunen gerathen wären. Wenn
wir nämlich gewollt hätten, fo wären wir jetzt fehr reich —
ein alter Herr kam mit bem Tapezierer zu uns unb bot uns
zweitaufenb Francs für Papas Kupferftiche — Zweitaufenb
Francs! bas ift ein ganzes Vermögen — Wir weigerten uns
aber — unb ich fage Ihnen auch von biefer ganzen Sache
nichts — ich erzähle fie blos meinem Coufin Ifibor.«

»Zweitaufenb Francs!« ruft Samfonnac; »zum
Teufel, bas ift aber ein fchöner Preis!«

»Es war, wie ber Tapezierer fagte, ein alter, fehr
reicher Herr,« antwortet Peroline; »er hat eine fehr fchöne
Kunftfammlung unb biefe Kupferftiche hier fehlten ihm
noch — aber felbft wenn er zehnmal fo viel bafür geboten
hätte, fo hätte er fie boch nicht bekommen — es ift bies
unfer Reichthum unb wir wollen ihn behalten.«

„Ach, liebe Cousine, daran erkenne ich deine kindliche
Pietät," spricht Isidor, indem er Perolinen die Hand drückt.

„Cabédis!" hebt Samsonnac wieder an, „wenn mein
Vater auch Kupferstiche gemacht hätte — und glücklicherweise
aber hat er nur Auspfändungen vorgenommen! Na, gehen
wir vor allen Dingen jetzt zu Tische."

Sechstes Capitel.
Die Rückkehr des verlornen Sohnes.

Wie Isidor vorausgesehen, kehrt sein Vater und seine
Stiefmutter mit ihren Kindern bald nach Paris zurück und der
junge Mann wird derb ausgescholten, da er das Landhaus
vor ihnen verlassen hat. Hierauf sagt Madame Cabet abermals, daß er sich entschließen müsse, Mademoiselle Artemisia
Montrognon zu heiraten.

Isidor aber, der dadurch auf's Aeußerste getrieben war,
erklärt in sehr festem Tone, „daß diese junge Dame niemals
sein Weib werden solle."

„Um eine so schöne Partie auszuschlagen," ruft Madame Cabet, „um die Hand einer jungen Dame zu verwei-
gern, welche fünfzigtausend Francs Aussteuer hat, müssen
Sie, mein Herr Stiefsohn, irgend einen Grund haben —
oder irgend eine geheime thörichte Leidenschaft hegen."

„Meine Frau hat vollkommen Recht," sagt Herr Ca-
bet, indem er die Locken seiner Perrücke über seine Ohren arrangirt. „Mein Sohn, in deiner Stellung schlägt man eine Partie von fünfzigtausend Francs nicht aus — Du hast von
deiner Mutter nur die Hälfte dieser Summe — Du hast
noch keine feste Stellung, Du bist Arzt, aber Du hast noch keine
Patienten — ja, wenn Du Patienten hättest — aber Du

haſt keine. — Aus welchen Beweggründen weigerſt Du Dich denn, Mademoiſelle Montrognon zu heiraten?«

»Wohlan, mein Vater — ich liebe eine Andere.«

»Wie? Sie lieben eine Andere, ohne erſt Ihren Vater um Erlaubniß gebeten zu haben!« ruft die dicke Dame, »alſo das lernt man auf den Univerſitäten! Und wen lieben Sie denn, mein Herr?«

»Meine Couſine Peroline — nur ſie werde ich heira= ten — ich werde nie eine andere Frau haben.«

Madame Cabet hüpft auf ihrem Seſſel empor, ſo daß dieſer knackt, indem ſie ausruft:

»Ich dachte mir es gleich — er liebt dieſe Tochter Ihres Bruders Adrien, Herr Cabet, er geht dorthin, trotz Ihres Verbotes — Sie hören es, Herr Cabet, und Sie donnern nicht?«

Der ehemalige Apotheker zupfte immer noch an ſeiner Perrücke herum und ſchien durchaus nicht aufgelegt, zu don= nern. Dennoch murmelt er:

»Ganz gewiß, liebe Doria, ich billige Iſidors Hand= lungsweiſe durchaus nicht — um ſo weniger als Peroline nichts hat. — Ja, wenn ſie nochet was hätte — dann kann ein Couſin ſeine Couſine heiraten — es kommt das gar nicht ſelten vor —«

»Schweigen Sie, Herr Cabet — Sie beſitzen eine un= würdige Schwäche — Sie wiſſen nicht ein Mann zu ſein —«

»Wie, Madame, ich weiß nicht, ein Mann zu ſein?«

»Nein, mein Herr — Sie haben mich ſchon beleidigen laſſen durch jenen — durch jenen Jemand, der ſich nicht vor Ihnen fürchtet — und den Sie nicht den Muth gehabt ha= ben, ausfindig zu machen. Heute vergißt Ihr Sohn den mir schuldigen Respect, indem er die herrliche Partie ausschlägt, die ich ihm antrage. Er ist Ihnen ungehorsam, indem er Abriens Kinder besucht — indem er sich erlaubt, Mademoiselle Perolinen zu lieben — das kann aber nicht so fortgehen — hier muß Ordnung geschafft werden. — Herr Montrognon wünscht seine Tochter bis zu Neujahr zu heiraten. Wir stehen jetzt in der Hälfte des November — wenn binnen dieser Zeit Herr Isidor nicht gehorsam geworden ist, so wird er sein Glück anderwärts versuchen. Dies ist mein Wille und ich verlange, daß man sich dareinfüge.«

Madame Cabet entfernt sich majestätisch, nachdem sie diese Worte gesprochen, auf welche ihr Mann geantwortet hat:

»Man wird sich dareinfügen.«

Dann drapirt er sich in seinen Schlafrock, während Isidor seinen Hut nimmt und bei sich sagt:

»Wohlan, ich werde mein Glück anderwärts versuchen. Peroline ist jetzt wieder gesund, das ist die Hauptsache. Ich weiß wohl, daß ich sie nicht heiraten kann, so lange ich nicht die Mittel habe, sie zu ernähren, und mein Vater will mir das, was mir zukommt, nicht eher geben, als bis ich fünfundzwanzig Jahre alt bin. — Man hat mir gesagt, daß ich das Recht habe, es ihm schon früher abzufordern, aber es sollte mir sehr leid thun, jemals über diesen Gegenstand mit meinem Vater in Streit zu gerathen. Aber zu dieser Heirat mit Mademoiselle Artemisia zwingt man mich deswegen doch nicht, und eben so wenig kann man verhindern, daß wir, meine Cousine und ich, einander trotz alles Zornes meines Vaters und meiner Stiefmutter lieben.«

Am Tage nach dem Auftritte, gegen zehn Uhr Mor-

gens, wird an der Thüre des Advocaten Braillard geklingelt. Die Dienerin öffnet einem Manne von schon reifem
Alter, der sich einer sehr trefflichen Gesundheit zu erfreuen
scheint.

Er trägt einen Paletot von grobem Tuche, Manche-
ster-Beinkleider, eine dicht zugeknöpfte wollene Weste, ein
buntes Halstuch, große mit Nägeln beschlagene Schuhe, auf
dem Kopfe einen kleinen, runden, niedrigen Hut von Wachs-
tuch, nach Art derer, welche die Seeleute zu tragen pflegen.

Sein Gesicht ist von der Sonne gebräunt, seine Züge
sind ziemlich regelmäßig. Seine kleinen Augen haben einen
Ausdruck von Schlauheit und Heiterkeit, welcher zu Gunsten seines Temperaments einnimmt; sein Mund sieht ebenfalls ein wenig spöttisch aus. Seine Nase ist ziemlich aufge-
stülpt und seine Backenknochen treten hervor. Dabei hat er
graues Haar und keinen Bart. Alles dies bildet ein Ganzes,
welches nicht unangenehm wäre, wenn nicht eine tiefe Narbe,
die von dem unteren Theile des Ohres an sich über die ganze
Wange bis an die Nase zieht, diesen Mann, der dreiund-
fünfzig bis fünfundfünfzig Jahre zu zählen scheint, bedeu-
tend entstellte.

In der einen Hand trägt er einen derben Stock, in der
andern ein nicht sehr umfangreiches Packet und sagt mit
starker Stimme:

»Komme ich hier recht zu Desiré Braillard, dem Advocaten?«

Die Dienerin, welche nicht wenig erstaunt, daß man sich
erlaubt, den Namen ihres Herrn zu nennen, ohne ihm das
Wort »Herr« voranzuschicken, sieht den vor ihr stehenden
Mann von der Seite an, indem sie antwortet:

»Ja, Sie sind hier bei Herrn Braillard — ich sage Herrn Braillard, dem Advocaten.«

»Und ist er zu Hause?«

»Er ist allerdings in seinem Cabinet, aber ich glaube nicht, daß er in diesem Augenblick —«

»Schon gut, schon gut — er ist da — das genügt — vorwärts denn!«

Und die Dienerin auf die Seite schiebend, tritt der Unbekannte ohne weitere Umstände in die Wohnung und durchschreitet sofort das Vorzimmer, ohne auf die Dienerin zu hören, welche ihm zuruft:

»Mein Herr, wo wollen Sie hin? — tritt man wohl auf diese Weise in die Wohnung eines Advocaten?«

»Es ist schon gut — laßt mich nur gehen — ich werde ihn schon finden.«

Und in der That hatte er die Thür des Cabinets bald gefunden.

Der Advocat Braillard sitzt an seinem Bureau und ist beschäftigt, Papiere durchzusehen. Er hebt die Augen auf, als er Jemand eintreten sieht, und der Unbekannte bleibt an der Thür stehen und fängt an zu lachen, indem er sagt:

»Na — da bin ich — ich wette, daß man mich nicht erwartet hat — ja auf diese Weise überrasche ich meine Leute.«

Der Advocat betrachtet mit erstaunter Miene den vor ihm Stehenden.

Dieser hebt wieder an:

»Wie, Desiré, Du kennst mich nicht mehr? — Allerdings sind einige Jahre vergangen — und ich bin nicht schöner geworden. Na, Bruder — komme — umarme mich!«

„Wäre es möglich — Gasparb!"

„Ja wohl, Gasparb. Nun, was wird's?"

Der Advocat erhebt sich und umarmt seinen Bruder — er drückt ihm liebreich die Hand, betrachtet ihn und ruft aus:

„Meiner Treu, wenn Du Dich nicht genannt hättest, ich hätte Dich nicht wieder erkannt, und dennoch — ja ich finde alle deine Züge wieder — aber diese große Narbe entstellt Dich ein wenig."

„Und dann eine fünfundzwanzigjährige Abwesenheit? Denn so lange ist es — noch einige Monate darüber."

„Und man glaubte Dich todt! — Du hast uns niemals Nachricht von Dir gegeben."

„Du weißt doch, daß ich niemals gern schrieb, Du guter Desiré! — Und Du befindest Dich wohl?"

„Wie Du siehst ein wenig angegriffen von der Arbeit, von dem Tumulte der Geschäfte."

„Und die andern Brüder?"

„Die andern — Cadet hat seine erste Frau verloren, von der er einen Sohn hat — er hat sich zum zweiten Mal mit einer reichen Frau verheiratet, von der er zwei Kinder hat, er befindet sich in wohlhabenden Umständen, hat sich von den Geschäften zurückgezogen und macht nichts mehr."

„Und Adrien?"

„Ach, dieser ist vor nicht sehr langer Zeit gestorben. Er hatte nichts vor sich gebracht, obschon er viel Talent besaß, er hat drei Kinder hinterlassen, zwei Mädchen und einen Knaben, die nicht glücklich sind und für die wir thun, was wir können."

„Der arme Adrien — er dauert mich — er war ein

liebenswürdiger Junge, ich sah ihm ein wenig ähnlich, sagt:
man. Er war von uns Vieren der, welcher am meisten Geist
hatte.«

»Ich danke, Du bist immer noch der alte Spötter!«

»Na, nach fünfundzwanzig Jahren finde ich von drei
Brüdern wenigstens noch zwei wieder — man darf sich nicht
allzusehr beklagen. Und Du, mein Alter?«

»Ich, ich bin Witwer, ich habe eine liebenswürdige
Tochter, die ich vor wenigen Jahren verheiratet habe. Unglücklicherweise ist diese Heirat nicht so ausgefallen, wie ich
es hoffte, und dies macht mir viel Unruhe. Doch sprechen
wir jetzt von Dir. Du gingst nach Californien, um dein
Glück zu machen, ist es Dir gelungen?«

»Nein, indessen habe ich doch einen glücklichen Augenblick gehabt. Ja, nach vielen Anstrengungen und Beschwer-
den hatte ich zweimalhunderttausend Francs zusammenge-
bracht.«

»Ah, das ist aber schon sehr schön!«

»Ja, es wäre schön gewesen, wenn ich sie zu bewahren
verstanden hätte, aber ich wollte sie verdoppeln, ich kaufte
ein Café — es ward von vielen Leuten besucht — aber
Niemand bezahlte. — Kurz, ich setzte Alles wieder zu und
komme beinahe mit leerer Tasche zurück, indessen doch nicht
ganz, denn nach Abzug meiner Reisekosten glaube ich, es
wird mir noch eine Rente von zweihundertundsiebzig Francs
bleiben, so daß ich täglich ungefähr fünfzehn Sous zu verzehren haben werde.«

»Zum Teufel, wenn Du damit in Paris zu leben gedenkst,
so wirst Du Mühe haben; mein armer Gaspard, fünfundzwanzig Jahre in einem Lande gewesen zu sein, wo der Boden

Gold erzeugt und mit geringen Einkünften zurückzukommen, dazu kann ich Dir kein großes Compliment machen.«

»Na, Donnerwetter, wenn Du glaubst, daß ich diese ganze Zeit damit zugebracht habe, in der Erde herumzukratzen, um Gold zu suchen, so irrst Du Dich verteufelt. Ich habe gut gelebt, ich habe mich amüsirt, ich habe gut gespeist und guten Wein getrunken, ich bereue es auch nicht, denn die schönen Tage, welche man verliert, kommen nicht wieder; es ist wie mit der Jugend, ist sie einmal vorüber, so ist es aus damit.«

»Aber diese Schmarre hast Du die auch bei deinen Amüsements davongetragen?«

»Nein, im Kampfe mit dem Schurken, der mich im Spiele betrog.«

»Ah, Du hast auch gespielt!«

»Dort thut man nichts weiter und immer spielt man. Ich bin blos nach Frankreich zurückgekommen, weil ich kein Geld mehr zum Spielen hatte.«

»Also bist Du immer noch ein Taugenichts?«

»Ach, ich wollte, ich wäre noch einer, das Alter aber hat mich verständig gemacht. Man muß in seinen Angelegenheiten einmal Ordnung machen. Ich sagte daher zu mir: Kehren wir nach Paris zu meinen Brüdern zurück, sie werden mir behilflich sein, eine Stellung zu finden, von der ich leben kann.«

»Und was kannst Du machen?«

»Gar nichts, aber man hat mir gesagt, daß es in Paris Stellen gäbe, wo man von den Angestellten nichts weiter verlange.«

Das Gespräch der beiden Brüder wird durch die An-

kunft der Madame Rogille unterbrochen, welche ohne Wei-
teres in das Cabinet ihres Vaters tritt und ausruft:

»In der That, Du bist nicht sehr liebenswürdig, Väterchen. Ich erwarte Dich bei mir — die Stunde ist vorüber und Du kommst nicht. Dennoch weißt Du, daß ich
Dich in einer sehr wichtigen Angelegenheit erwarte — deshalb kam ich selbst — Deine Dienerin sagte mir, Du hättest
einen Herrn in deinem Cabinet, aber dies dürfe mich nicht
geniren — ich sehe, daß sie Recht hat.«

Die junge Frau hat diese letzten Worte mit halber
Stimme gesagt, indem sie zugleich einen verächtlichen Blick
auf den Herrn wirft, der bei ihrem Vater ist und seinen
kleinen Wachstuchhut immer noch auf dem Kopfe hat.

Gaspard Braillard seinerseits betrachtet beinahe mit
Bewunderung diese hübsche, elegante, kokette Dame, welche
die Tochter seines Bruders ist.

»Liebe Auguste,« sagt der Advocat, »ich habe mich
allerdings ein wenig verspätet, aber es ist nicht meine
Schuld. Ich wollte mich zu Dir begeben, als ich einen Besuch bekam, den ich weit entfernt war zu erwarten — Du
siehst —«

»Ich sehe, daß Du diesen Herrn recht wohl wieder
fortschicken und ihm sagen kannst, er solle ein andermal wiederkommen —«

»O meine schöne Dame — auf diese Weise schickt
man mich nicht fort,« sagt Gaspard lachend; »vor allen
Dingen muß ich Sie umarmen — he! he! he!«

»Mich umarmen! entsetzlich! bleiben Sie mir vom
Leibe, mein Herr! Sie riechen nach Tabak und Branntwein
— Sie sind eine wandelnde Wachtstube. — Lieber Vater,

verbiete doch diesem Herrn, sich mir zu nähern — in der
That, ich begreife Dich nicht —«

»Meine Tochter, Du würdest nicht so sprechen, wie
Du sprichst, wenn Du wüßtest, daß dieser Herr mein Bruder
Gaspard und folglich dein Onkel ist.«

»Wäre es möglich — der Herr ist dein Bruder —
derselbe, der vor so langer Zeit nach Californien gegangen war?«

»Ja, liebe Nichte; ich wollte eine kleine Lustreise in
das Goldland machen.«

Madame Rogille nimmt sofort eine liebenswürdige
Miene und ihre honigsüße Stimme an, lächelt ihren Onkel
an und sagt zu ihm:

»O, ich bitte um Verzeihung — ich bitte tausendmal
um Verzeihung — entschuldige, was ich gesagt habe, lieber Onkel — aber Du begreifst, ich konnte doch nicht errathen, ein Mann, den ich niemals gesehen hatte und der mich
küssen wollte —«

»Du bist vollkommen entschuldigt, meine liebe Nichte
— und übrigens gestehe ich, daß ich auf der See nicht wenig Rum getrunken und viel Tabak gekaut habe — man muß
sich eine Zerstreuung machen — aber der Geruch davon
bleibt zurück.«

»O, das thut nichts — küsse mich, mein Onkel —«

»Du erlaubst es mir jetzt?«

»Ja wohl, sehr gern.«

Madame Rogille bietet ihre Wange dem Onkel, der
aus Amerika zurückkommt, und den sie mit großer Neugier
betrachtet. Sie hat Platz genommen und scheint keine so
große Eile mehr zu haben, ihren Vater mit fortzuführen.

»Seit wann bist Du wieder in Paris, lieber Onkel?«

„Mein Gott, liebe Nichte, ich komme diesen Morgen mit der Eisenbahn von Havre — natürlich mußte mein erster Besuch bei meinem Bruder sein."

„Ach, das ist sehr liebenswürdig von Dir, und gedenkst Du Dich nun in Paris niederzulassen?"

„Ja wohl, ich habe nun genug Reisen gemacht — und übrigens, liebe Nichte, siehst Du, ich zähle siebenundfünfzig Jahre — ohne daß man mir es anmerkt — das heißt, ich merke mir es an, denn ich habe sehr oft Anfälle von Gicht, Rheumatismus und dergleichen — mit einem Worte, die Maschine wird alt und abgenützt, und deßhalb muß man ihr Ruhe gönnen!"

„Ja wohl — man muß ausruhen, besonders wenn man es zu Vermögen gebracht hat — was bei Dir doch gewiß der Fall sein muß, lieber Onkel."

„O, was das Vermögen betrifft, so frage meinen Bruder, was ich mitbringe — er wird es Dir sagen."

„Ja," antwortet der Advocat lächelnd, „er kommt wieder wie der verlorene Sohn — ärmer als er gegangen ist — sein Vermögen besteht in fünfundsiebzig Centimen, die er täglich zu verzehren hat."

„Ach, Du scherzest, Väterchen," sagt die junge Frau, deren Gesicht sich schon umwölkte. „Fünfzehn Sous täglich! — aber damit kommt man nicht aus Californien zurück — es ist das Land, wo man Gold sucht — dies ist eine bekannte Sache — man hat dort kein anderes Ziel als Reichthum zu erwerben und wenn man diesen erworben hat, so kehrt man wieder zurück, um ihn in Frankreich zu verthun — das ist ganz natürlich — mein Onkel wird es ganz gewiß eben so gemacht haben, wie die Andern — er hat Dich blos zum Besten haben wollen, Bäterchen, als er Dir gesagt hat, er käme ohne Geld zurück.«

»Ist das wahr, Gaspard?« sagt der Advocat, indem er seinen Bruder scharf ansieht.

Dieser fängt an zu lachen und antwortet:

»Meine schöne Nichte ist ein drolliges Wesen — sie arrangirt dies alles nach ihrer Weise. Allerdings haben in dem Lande, woher ich komme, viele Leute Reichthümer erworben, aber nicht alle haben dieselben bewahrt und auch ich gehöre zu dieser Zahl. Ihr müßt nämlich wissen, daß es in diesem verteufelten Lande weit schwerer ist, Geld zu bewahren als zu verdienen. Auch ich hatte mir eine ziemlich runde Summe erworben — zweimalhunderttausend Francs — aber, wie ich Désiré schon erzählt habe, ich ließ mich in eine Speculation ein — ich wollte mein Besitzthum verdoppeln und habe Alles verloren. So geht es, wenn man speculirt — dabei aber habe ich doch meinen Appetit und meine Heiterkeit nicht verloren — dies sind die einzigen Reichthümer, die mir geblieben sind, und ich fühle in diesem Augenblicke, daß ich gern etwas auf die Zähne zu nehmen haben möchte.«

Madame Rogille, die wieder sehr schlechter Laune geworden ist, erhebt sich rasch, indem sie ausruft:

»Mein Gott, Bäterchen, wir vergessen, daß man uns erwartet — es ist eine bringende Angelegenheit, die nicht aufgeschoben werden kann — mein Onkel wird uns entschuldigen, wenn wir ihn verlassen. Uebrigens wird er wahrscheinlich auch seinen andern Bruder, Herrn Cadet Braillard, besuchen wollen.«

»Cadet — ja wohl, zu dem werde ich gehen — dies ist meine Absicht.«

„Mein Vater wird Ihnen seine Adresse aufschreiben."

„O, das ist nicht nöthig — ich weiß sie schon. Jemand, der Cabet sehr genau kannte, hat mir sie schon in Havre gegeben."

Die junge Frau neigt sich zu dem Ohr ihres Vaters und sagt zu ihm leise:

„Entledige Dich dieses Bruders — laß ihn nicht hier einnisten, denn dann wirst Du ihn sicherlich nicht wieder los und er würde Dir alle deine Clienten vertreiben — er ist schmutzig, häßlich, er sieht gemein aus, er riecht schlecht —"

„Aber dennoch Auguste, ist er mein Bruder und ich muß —"

„Er ist auch der Bruder des Herrn Cabet, der viel reicher ist als Du und der für ihn sorgen wird. Apropos, stecke tausend Francs in die Tasche — der Mann einer Bijoutière ist bei mir und wartet mit seiner Rechnung — ohne Geld kann ich ihn nicht fortschicken — er wäre im Stande, nicht von der Stelle zu gehen —"

„Wie, tausend Francs? Aber Du ruinirst mich, meine Tochter — ich habe keinen Heller mehr."

„Ich muß aber tausend Francs haben, sonst macht mir dieser Mann einen Auftritt, einen Scandal — such nur, Väterchen, Du wirst schon in irgend einem Winkel die Summe finden."

Während die junge Dame leise mit ihrem Vater spricht, geht Gasparb Braillard im Zimmer auf und ab und murmelt:

„Na, wird denn hier nicht gefrühstückt? Mich hungert wie einen Wolf und ich glaube, ich könnte ganz allein eine Hammelkeule verspeisen."

»Nicht übel, schöne Aussichten!« sagt Augusta zu ihrem Vater.

Dieser wendet sich zu seinem Bruder, indem er zu ihm sagt:

»Ich habe schon gefrühstückt — ich habe meine Chocolade schon lange getrunken.«

»Du hast gefrühstückt, das ist möglich — ich aber nicht.«

»Wohlan, meine Magd soll Dir in meiner Abwesenheit etwas auftragen.«

»Und dann kannst Du mich wohl auch beherbergen, nicht wahr? Mein Schlafzimmer mag sein, was es will — ich bin durchaus nicht wählerisch.«

Madame Rogille beeilt sich zu antworten:

»So gern mein Vater dies auch wollte, so kann er dies doch nicht — seine Wohnung ist sehr beschränkt — er kann doch nicht in seinem Cabinete oder in seinem Salon ein Bett aufschlagen lassen — dies würde auf seine Clienten keinen guten Eindruck machen. Mein Onkel Cabet dagegen hat eine sehr große Wohnung — es wird ihm sehr leicht sein, Sie zu beherbergen. Da Sie seine Adresse wissen, so gehen Sie hin — aber man erwartet uns, Väterchen; beeilen wir uns — ich bitte Dich! Hast Du zu Dir gesteckt, um was ich Dich bat?«

»Ich muß wohl.«

»Guten Tag, lieber Onkel!«

»Auf Wiedersehen, Gaspard — entschuldige mich, wenn ich Dich jetzt verlasse — aber Du siehst, daß es nicht meine Schuld ist — Auf Wiedersehen!«

Der Advocat läßt sich von seiner Tochter hinwegführren. Der aus Amerika zurückgekommene Bruder bleibt allein in dem Cabinete zurück und versinkt einige Augenblicke lang in Gedanken. Dann fängt er an mit seinem Stocke auf die Diele zu stoßen, indem er ausruft:

„Heda, Dienerin! Magd, irgend Jemand!“

Die Dienerin tritt mit ihrer immer noch ärgerlichen Miene ein und sagt:

„Was wünschen Sie, mein Herr?“

„Na, zum Teufel, ich wünsche, daß man mir zu frühstücken auftrage, weil ich vor Hunger fast umfalle.“

„Mein Herr, ich habe nichts im Hause.“

„Ihr habt nichts im Hause? Nun gut, dann geht und holt etwas.“

„Das geht nicht, mein Herr; wenn mein Herr ausgegangen ist, darf ich nicht aus dem Hause, weil ich den Kunden antworten muß, welche sich vielleicht mittlerweile einfinden.“

„Ah, so steht es! — das ist ja eine elende Baracke. Uebernachten kann man nicht — ja nicht einmal zu frühstücken bekommt man.“

Und wieder seinen Stock und sein Packet zur Hand nehmend, verläßt Gaspard die Wohnung seines Bruders, des Advocaten, indem er bei sich sagt:

„Gehen wir denn zu unserem Bruder Cabet.“

Siebentes Capitel.

Zweite Vorstellung.

Die Familie Cabet war in dem Speisezimmer um eine gut besetzte Tafel versammelt und eine milde Temperatur erhöhte den Genuß des Frühstücks.

Isidor befand sich jedoch nicht mit in der Gesellschaft — er pflegte sehr nüchtern schon um neun Uhr Morgens, ehe er ausging, zu frühstücken, während für die anderen Mitglieder der Familie Cabet das Frühstück, welches erst um zwölf Uhr aufgetragen ward, eine wichtige Mahlzeit war, der man viel Zeit widmete, um so mehr, als für Leute, welche nichts zu thun haben, die Zeit, welche man bei Tische zubringt, die ist, welche am schnellsten vergeht.

Cabet hatte, in seinem schönen Schlafrock gehüllt, eben einen Angriff auf eine Terrine mit Gänseleber gemacht, die er direct aus Nerac hatte kommen lassen, weil er fürchtete, keine echte zu bekommen, wenn er sie in Paris kaufte. Die dicke Eudoxia schimpfte über den hohen Preis dieses Gerichtes, gestand aber, daß es sehr gut sei. Der Zweitausend spaltete das Gesicht bis an die Ohren, als man ihm eine Trüffel gab, und der Briefkasten ahmte dem Bruder nach, indem er sagte:

„Es ist schade, daß diese Pasteten keine Rinden haben."

„Dies ist ja keine Pastete, meine Tochter, es ist eine Terrine."

„Aber, Papa, warum sagt man dann oft: Ich habe Gänseleberpastete gegessen?"

„Weil man dann eine Pastete anstatt einer Terrine hat."

„Und warum ist denn das eine Terrine anstatt einer Pastete?"

„Weil ich gesagt hatte, man solle mir eine Terrine schicken."

Mademoiselle Aurora scheint durch diese Aufklärungen noch nicht zufriedengestellt zu sein und die Conversation droht sich über diesen Gegenstand noch weiter auszuspinnen, als heftig geklingelt wird.

Madame Cabet hüpft auf ihrem Stuhle empor und ruft:

„Wer kann der Tölpel sein, der sich erlaubt, auf diese Weise zu klingeln? — das nenne ich doch ein wenig unverschämt!— Julie, daß man uns nicht störe — wir frühstücken — wir sind nicht sichtbar."

Es dauert jedoch nicht lange, so kommt Julie zurück und sagt:

„Es ist ein Herr — er sieht nicht sehr sauber aus — er trägt einen Hut wie die Seeleute und fragt nach Herrn Cabet. Ich habe ihm gesagt, man sei nicht sichtbar, aber er fing an zu lachen und entgegnete, für ihn müsse man es sein."

„Na, das ist aber doch ein wenig stark! Herr Cabet, haben Sie Bekanntschaften mit Seeleuten?"

„Nicht mit dem kleinsten Matrosen, Doria — nicht mit dem unbedeutendsten Schiffsjungen."

„Julie, schicke diesen Mann fort, der sich erlaubt hat

zu klingeln wie ein Stier. Sage ihm, daß wir Niemanden empfangen, wenn wir frühstücken.«

Aber die Thür des Speisesaales öffnet sich und Gaspard zeigt sich mit seinem Stocke und seinem Packet, indem er ausruft:

»Ah, Ihr frühstückt — dann komme ich ja gerade zur gelegenen Zeit, denn ich habe ja einen kannibalischen Hunger.«

Die sämmtlichen Cadets betrachten diesen neuen Ankömmling, dessen Miene und kaltblütiges Benehmen ihnen beinahe Furcht einflößt.

Madame ist die Erste, welche die Sprache wiederfindet, um zu sagen:

»Was soll das heißen, mein Herr? Tritt man wohl so ohne Erlaubniß bei den Leuten in die Zimmer? — Sie sind sehr dreist.«

»Still, still! nicht so laut, dickes Frauchen! Erstens habe ich es nicht mit Ihnen zu thun, sondern mit dem wackern Manne, den ich da sitzen sehe — in einem so schönen Schlafrocke — und der gegenwärtig eine Perrücke trägt, die ihm ein verteufelt verändertes Ansehen gibt — und zwar nicht zu seinem Vortheile. Doch gleichviel — ich erkenne ihn wieder. Heda, mein Cadet, sieh mich einmal ordentlich an!«

Aber der ehemalige Apotheker mochte den Sprechenden angaffen wie er wollte, er erkannte ihn nicht.

»Dieser Mann nennt Dich Du!« ruft Madame Cabet. »Es wird immer toller — und mit welchem Recht erlaubt er sich diese Vertraulichkeit?«

»Ja, Mütterchen, ich nenne ihn Du, weil ein Bruder stets das Recht hat, seinen Bruder zu dutzen. Nun ist das große Wort heraus, denn ich sehe wohl, daß er mich nicht wieder erkannt haben würde.«

»Mein Bruder — wie, mein Herr, Sie wären — Du wärest—«

»Ja wohl, bei den Hörnern des Teufels — ich bin Gaspard, der vor fünfundzwanzig Jahren Paris verließ — als Du noch weiter nichts warst, als Apothekerbursche.«

»Gaspard, ach, mein theurer Bruder!—umarmen wir uns!

»Ha, welch' ein Glück!«

Als Madame Cabet hört, daß dieser neue Ankömmling jener Bruder ihres Mannes ist, der nach Amerika gegangen ist, um sein Glück zu machen, schlägt sie einen andern Ton an, bemüht sich liebreich zu werden, und bietet Gaspard die Hand, indem sie zu ihm sagt:

»Wie, mein Herr, Sie sind der Bruder meines Mannes? Ach, wenn ich das gewußt hätte, aber Sie begreifen wohl, wenn man nicht weiß, wenn man Jemanden bei sich eintreten sieht, den man nicht kennt, das erregt Verwunderung, Erschrecken — es gibt in Paris gar so viele Spitzbuben.«

»Sie haben mich für einen Spitzbuben angesehen? — ha! ha! ha!«

»O, das sage ich nicht, aber umarmen Sie mich doch, lieber Schwager.«

»Sehr gern, mein dickes Mütterchen.«

Es gefällt Madame Cabet durchaus nicht, sich »dicke Mama« und »dickes Mütterchen« nennen zu hören, aber doch bezwingt sie sich, und bietet Gaspard ihre Wange zum

Küsse, während ihr Mann nicht müde wird, seinen Bruder
zu betrachten.

»Wie, Du bist es wirklich, Gaspard?«

»Ja wohl, ich bin es.«

»Man glaubte Dich todt!«

»Das sagte mir schon unser Bruder Désiré, von welchem ich eben komme.«

»Du hast Dich fürchterlich verändert.«

»Und Du Dich auch.«

»Du hattest sonst nicht diese Schmarre im Gesicht.«

»Nein, die habe ich mir dort geholt.«

»Aber dennoch fange ich an, Dich wieder zu erkennen.«

»So geht's mir auch. Wenn man sich ordentlich sucht,
so findet man sich wieder.«

»Und Du kommst aus Californien?«

»Ja wohl, auf der »Belle-Côte«, die mich von San
Francisco zurückgebracht hat.«

»Aus dem Lande, wo man Goldklumpen findet, die
mehrere Pfunde wiegen?

»Ja wohl! Ich habe deren mehr als einen gefunden.«

»Meine Kinder,« ruft Madame Cabet, »woran denkt
Ihr! Gleich umarmt euren guten Onkel!«

Monsieur Crupère und Mademoiselle Aurora dachten
nur ans Essen. Sie verlassen mit mürrischen Gesichtern ihre
Plätze und nähern sich Gaspard, welcher sie küßt, dann
lächelt und sagt:

»Sapristi! Diese Rangen müssen gut mit den Kinn-
backen arbeiten. Die Natur hat sie zu diesem Zwecke ganz

besonders gut ausgestattet. Doch Ihr waret eben im Begri
zu frühstücken, als ich eintrat, — ich will Euch durchaus nicht
stören, nur will ich Euch um die Erlaubniß bitten, an eurem
Tische mit Platz nehmen zu dürfen, denn ich habe noch nicht
gefrühstückt.«

»Du hast noch nicht gefrühstückt, Gasparb? Dann
setze Dich rasch hieher, zwischen meine Frau und mich. Ach
dieser arme Bruder — ja, ja, nun erkenne ich Dich vollständig wieder.«

»Julie, schnell ein Couvert hier für meinen Schwager.
Sie treffen es gerade gut, — wir haben eine Terrine mit
Trüffeln, — in Californien gibt es wohl so etwas nicht zu
essen?«

»Ich bitte um Entschuldigung, — man speist dort das
Beste, was es in Frankreich gibt, man läßt es kommen —
Leberpasteten, Terrinen, gefülltes Geflügel — Alles dies
bekommen wir in luftdichten verschlossenen Blechbüchsen und
eben so gut, als ob wir es in Paris äßen — bedenken Sie
wohl, daß man in dem Lande des Goldes sich nichts ab-
gehen läßt.«

Madame Cabet beeilt sich, ihrem Schwager vorzulegen
und ihm zu trinken einzuschenken, während sie ihm zugleich
weiteren Stoff zur Rede gibt.

»Mein Mann hat mir oft von Ihnen erzählt, Herr
Gasparb. Er sagte: Ich habe einen Bruder, der nach Amerika ging, um sein Glück zu machen; es ist ein sehr kluger,
erfinderischer Kopf, seine Unternehmungen müssen ihm gelungen sein, — sagtest Du das nicht, mein Freund?«

Herr Cabet, der niemals mit seiner Frau von diesem

Bruder gesprochen hatte, sieht sie mit erstaunter Miene an und antwortet:

»Du glaubst — ich hätte das gesagt — ich kann mich nicht recht entsinnen, aber es ist wohl möglich —«

»Ach, was für ein erbärmliches Gedächtniß haben Sie, Herr Cadet!«

Und diese Worte sind von einem Achselzucken begleitet. Dann schenkt die dicke Dame wieder ihrem Schwager ein, der tüchtig einhaut und ein Glas nach dem andern leert.

»Sie haben guten Appetit — es ist ganz natürlich — nach einer Seereise —«

»O, ich habe immer vortrefflichen Appetit.«

»Unser Wein ist gut, nicht wahr?«

»Für gewöhnlichen allerdings nicht schlecht, aber da drüben in Amerika habe ich famosen getrunken.«

»Wie es scheint, haben Sie dort gut gelebt.«

»O, das wollte ich meinen — ein Sybaritenleben.«

»Er muß sehr reich sein,« sagt Madame Cadet bei sich selbst. Sie wird immer liebenswürdiger und sagt ihrem Manne:

»Mein Freund, wie wäre es, wenn Du, um die Rückkunft deines Bruders zu feiern, eine Flasche von deinem alten Medoc aus dem Keller holen ließest.«

»Sehr gern, Doria. Meiner Treu, ich dachte eben daran.«

»Ach, das ist eine famose Idee, Schwägerin! Höre, Cadet, anstatt einer Flasche laß doch lieber gleich zwei bringen — es werden ihrer nicht zu viele sein.«

»Julie, hole einmal zwei Flaschen von meinem alten Medoc herauf.«

Die Dienerin geht in den Keller, indem sie bei sich sagt:

»Zum Teufel, diesen Bruder tractirt man nicht schlecht. Und dennoch ist er ziemlich schlecht gekleidet — wahrscheinlich aber ist dies so eine Marotte von ihm und er ist trotzdem reich.«

Madame Cadet sucht fortwährend das Gespräch auf das Vermögen zu bringen, welches sie bei ihrem Schwager voraussetzt; Gasparb aber, welcher anfängt seine Leute zu beurtheilen, will sich nicht eher erklären, als bis er ordentlich gefrühstückt hat und bemüht sich im Gegentheile, durch seine Antworten seine Schwägerin in ihren Hoffnungen zu bestärken.

»Sie kommen nach Frankreich, um sich nun hier niederzulassen, mein lieber Schwager, nicht wahr?«

»Ja, liebe Schwägerin. O, ich habe Amerika genugsam genossen — ich habe fünfundzwanzig Jahre dort verlebt — das schmeckt gut — ich bitte Sie, mir noch einmal von Ihrer Terrine vorzulegen.«

»Sie finden sie gut?«

»Ei ja!«

»Sie trieben wohl Handelsgeschäfte in Californien?«

»Ich habe dort eine Menge Dinge getrieben — die Hauptsache, sehen Sie, in jenen Ländern ist, Geld zu verdienen — dies ist das allgemeine Ziel. Ich bitte Sie, mir nochmals einzuschenken — oder vielmehr nein, geben Sie mir die Flasche her — ich werde mir selbst einschenken, das ist mir lieber und Ihnen erspare ich die Mühe.«

»Ganz wie es Ihnen Vergnügen macht — und in diesem reichen Lande haben Sie nothwendig eben so gut Geld verdienen müssen, wie andere Leute.«

»Na, das wollte ich meinen, daß ich welches verdient
habe — ich habe Gold gehabt, daß ich mit der Schaufel
darin wühlen konnte — noch ein wenig von der Terrine,
wenn es Ihnen beliebt — oder vielmehr geben Sie mir sie
her — ich werde mir selbst vorlegen, das ist weit bequemer.«

Madame Cabet gibt ihm die Terrine nicht gern; sie
findet, daß dieser Schwager ißt wie ein Wolf und trinkt wie
ein Loch. In der Ueberzeugung jedoch, daß er mit einem
großen Vermögen angekommen ist, und sich im Voraus
schmeichelnd, daß ein Theil davon ihren Kindern zufallen
werde, schiebt sie Gaspard die famose Terrine von Nerac
zu, über welche er auf so furchtbare Weise herfällt, daß
Monsieur Crupère ausruft:

»Ach, wenn der da Alles ißt, so bleibt ja nichts für
uns übrig!«

»Schweig, mein Sohn! Pfui! Pfui, wie häßlich ist es
gefräßig zu sein!« sagt Madame Cabet. »Entschuldigen Sie
ihn, Schwager — er ist ein Kind!«

»Ich entschuldige ihn um so mehr, als ich seine Mei=
nung vollständig theile — es ist leicht möglich, daß nichts
für ihn übrig bleibt. — Ha, da kommt der famose Medoc
— kosten wir ihn.«

Herr Cabet füllt die Gläser und stößt mit seinem Bru=
der an, indem er sagt:

»Auf deine glückliche Wiederkunft, mein Bruder —
auf das Vergnügen, Dich wieder unter uns zu sehen!«

»Ich danke — ich trinke auf euer aller Gesundheit.
Ha, er ist gut — ja, er ist gut. Ha, ich verstehe mich dar=
auf, siehst Du — schenke wieder ein, Cabet, damit ich mit
deiner liebenswürdigen Gattin anstoße, denn wie mir scheint,

alter Knabe, haſt Du das große Loos gezogen. Sehen Sie, liebe Schwägerin, ich betrachte die Ehe wie eine Lotterie — aber Cadet kann ſich, wie ich eben ſagte, rühmen, das große Loos gezogen zu haben — auf Ihre Geſundheit!«

»Sie ſind zu gütig, mein lieber Schwager — Sie ſind wohl niemals verheiratet geweſen?«

»Nein — ich habe einmal kein Glück in der Lotterie — ha, ha!«

»Und Sie kommen auch nicht in dieſer Abſicht nach Paris zurück?«

»Nein, bei allen Teufeln — Sie entſchuldigen, wenn ich ein wenig fluche — in Amerika flucht man ſehr viel.«

»Das iſt ſehr ſchön von Ihnen, lieber Schwager, daß Sie es ſo machen, denn in Ermanglung von Kindern haben Sie ja Neffen und Nichten, welche dieſe Stelle vertreten werden. Aurora, geh und umarme deinen Onkel.«

»Ich will erſt meinen Compot eſſen.«

»Laſſen Sie doch die Kleine eſſen — ich habe die Kinder ſehr gern, wenn ſie eſſen, weil ſie dann nicht ſchreien. Na, trink doch auch, Cadet — Du biſt ſehr faul in dieſer Beziehung, wie ich bemerke, und nicht ſo tüchtig auf dem Platze wie ich.«

»Ja, das iſt wahr — der Wein ſteigt mir zu leicht in den Kopf.«

»Mein Mann iſt ſehr mäßig — er beſitzt aber auch nicht Ihre Geſundheit.«

»Ich habe unſern Bruder Deſiré verteufelt gealtert gefunden.«

»Ah, Du haſt ihn ſchon geſehen?«

»Ja, ich glaubte dort zu frühſtücken, aber er war

schon fertig. Ich habe auch seine Tochter gesehen — eine schöne Frau!«

»Ja,« sagt Madame Cadet, die nicht mehr von Madame Regille enthusiasmirt ist, seitdem diese sie mit ihrer Freundin Angelina in ihrem Landhause besucht hat, »ja, es ist eine schöne Frau — aber sehr kokett —und Geld verthut sie — es ist furchtbar. Unter uns gesagt, sie ruinirt ihren Vater — oder doch beinahe — aber er ist selbst schuld daran — er ist von jeher zu gut gegen sie gewesen.«

»Ach, das ist schlimm — aber ihr Mann — denn sie ist ja verheiratet —«

»Ja, an einen Dummkopf — der schlechte Geschäfte gemacht hat und dadurch nicht reicher geworden ist — was beweist, daß er ein Pinsel ist.«

»Ah, das heißt also, daß man in Paris reich wird, indem man schlechte Geschäfte macht!«

»Das kommt allerdings vor, lieber Bruder, das kommt vor,« antwortet Herr Cadet, indem er seine Perrücke glatt streicht.

»Nun dann gib mir zu trinken. Ich habe auch schon erfahren, daß wir unsern Bruder Adrien verloren haben — der dauert mich sehr.«

»Ja, ja — Adrien ist gestorben — es sind noch nicht zwei Jahre.«

Madame Cadet sagt nichts — sie begnügt sich, den Mund zusammenzuziehen.

Gaspard hebt wieder an:

»Aber er hat Kinder hinterlassen, wie Desiré mir sagte.«

»Ja, drei Kinder — zwei Mädchen und einen Knaben.«

„Und wer versorgt denn diese Kinder?«

Herr Cadet schweigt, seine Frau aber ruft aus:

„O, die sind groß genug, um für sich selbst zu sorgen. Das älteste Mädchen zählt schon achtzehn Jahre — sie arbeitet — sie ist Blumenmacherin.«

„So — und die beiden andern?«

„Die andern — die sind noch klein — ohne Zweifel gehen sie in die Schule.«

„Sie wissen das nicht gewiß?«

„Ich bekümmere mich um meine Kinder — die interessiren mich natürlich mehr als die anderer Leute.«

„Wo wohnen denn diese Kinder Abriens?«

„Nicht weit von hier — Faubourg Saint=Denis, Nummer 78.«

„Aber Du, Cadet, Du hast, wie man mir erzählt hat, auch einen Sohn von deiner ersten Frau — lebt er noch?«

„Ja wohl — er ist ein großer hübscher Junge, der nun bald einundzwanzig Jahre zählt. Er studirt Medicin.«

„Es ist ein eigensinniger Mensch, der uns viel zu schaffen macht,« sagt Madame Cadet mit einem Blick gegen Himmel.

„Ah, er ist wohl ein Tollkopf, ein Possenreißer?«

„O nein,« sagt Herr Cadet, „das kann man von ihm nicht sagen, — er ist sogar sehr gesetzt für sein Alter — aber —«

„Er hat sich geweigert, Strumpfwaarenhändler zu werden, und gegenwärtig weigert er sich, eine ganz famose Partie zu machen — ein Mädchen von fünfzigtausend Francs zu heiraten — heißt das wohl vernünftig sein?«

„Ja, aber was wollen Sie, liebe Schwägerin, wenn er

nun keine Luſt zum Heiraten hat — wenn er in dieſer Beziehung mir ähnlich iſt?«

»Na, von den Kindern haben wir nun geſprochen, lieber
Schwager, beſchäftigen wir uns jetzt mit Ihnen. Ich hoffe,
Sie haben Ihre Koffer, Ihr Gepäck hieherbeſtellt und daß wir
das Vergnügen haben, Sie zu beherbergen. Wir haben ein
ſehr hübſches kleines Zimmer — neben dem der Kinder — man
kommt ſelten hinein — dies ſoll für Sie ſein — Sie ſind
darin ganz ungeſtört und für ſich allein. Wenn meine Kinder
zu viel Lärm machen, ſo ſchelten Sie ſie nur aus, lieber
Schwager — ich gebe Ihnen das Recht dazu.«

»Ich danke, liebe Schweſter. O, der Lärm incommodirt
mich nicht. — Gib mir zu trinken, Cabet —«

»Sehr gern — meiner Treu, Du wirſt die Flaſche aus-
trinken.«

»Schon! Deine Flaſchen ſind ſehr klein — ha! ha!«

»Aber Du ſprichſt ihnen auch gut zu.«

»Nicht wahr? O, da wirſt Du mich noch beſſer kennen
lernen. Alſo, liebe Schwägerin, ich nehme die Gaſtfreund-
ſchaft, die Sie mir bieten; mit Freuden an — unter uns ge-
ſagt, ich rechnete ein wenig darauf und hatte mir ſchon erlaubt, einigen Freunden Ihre Adreſſe zu geben.«

»Und haben Sie ſie auch in Bezug auf Ihr Gepäck
gegeben?«

Gaspard, welcher mit der Terrine und den beiden
Flaſchen Medoc fertig iſt, und ſich nun ſehr behaglich fühlt,
lehnt ſich in ſeinem Stuhle zurück und antwortet lächelnd mit
mit etwas ſpöttiſcher Miene:

»Mein Gepäck — dies habe ich ſchon mitgebracht — ſeht,

dieſes kleine Packet, welches an meinem Reiſeſtocke hängt — das iſt mein Gepäck.«

Eudoxia betrachtet einige Augenblicke lang, was ihr Schwager ihr zeigt. Sie ſcheint die Auflöſung eines Räth= ſels zu ſuchen — endlich murmelt ſie :

»Wie, dies ſind alle Ihre Effecten, lieber Schwager ?«

»Mein Gott, ja — wenn ich reiſe, ſo belade ich mich nicht gern mit vielen Dingen. Ich habe in dieſem Packet drei Hemden, drei Halstücher, drei Paar Socken, einige Paar Strümpfe, ein Beinkleid, eine leinene Sommerweſte, und einige Taſchentücher — dies genügt mir — ich mache keine große Toilette.«

Madame Cabets Stirn umwölkt ſich, und ſie hebt wieder an :

»Ich verſtehe, lieber Schwager — Sie reiſen aus Klugheit ſo einfach — ohne Zweifel haben Sie Ihr ganzes Vermögen in der Brieftaſche und wollen nicht durch Luxus die Habgier von Gaunern erregen.«

»O, ich verſichere Ihnen, liebe Schwägerin, die Furcht, beſtohlen zu werden, iſt es nicht, die mich ſo handeln läßt.«

»Oder Sie haben vielleicht auch mit Gütern beladene Schiffe, die nächſtens in einem unſerer Häfen einlaufen werden.«

Gasparb ſchlägt ein lautes Gelächter auf, und ſchau= kelt ſich auf ſeinem Stuhle, indem er ſagt :

»Schiffe! — Güter! Ah, das iſt nicht übel! Meine liebe, würdige Schwägerin, Sie wiſſen alſo nicht, daß ich nichts habe — daß ich beinahe ohne einen Heller nach Paris zurückkomme — daß ich das ganze Gold, welches ich in Amerika geſammelt, wieder verloren habe, weil ich es vermehren wollte? — so daß ich, anstatt mein Glück zu machen, gar nichts gemacht habe — so steht die Sache.«

Madame Cabet wechselt die Farbe. Sie betrachtet ihren Mann mit bestürzter Miene, sie betrachtet ihre Kinder, welche in die Terrine schauen, ob noch etwas darin ist.

Endlich sieht sie ihren Schwager an, der zwischen den Zähnen hindurch pfeift, und ruft:

»Ach, Sie wollen uns zum Besten haben, Herr Gaspard — das ist ein schlechter Scherz, aber wir glauben es nicht, wir wissen wohl, daß man nicht ohne einen Heller in der Tasche aus Californien zurückkommt.«

»Ja, wenn ich gesagt habe; ohne einen Heller, liebe Schwägerin, dann habe ich allerdings gelogen.«

»Ah, ich wußte es wohl.«

»Ich habe noch eine Rente von zweihundertsiebzig Francs — ich habe berechnet, daß ich sonach ziemlich fünfzehn Sous den Tag zu verzehren habe; damit gedenke ich mich in Paris zu amüsiren. Es ist allerdings wenig, wenn man aber Kost und Logis bei seinen Brüdern hat, so kann man damit schon auskommen.«

Die dicke Dame erhebt sich rasch mit einer ärgerlichen Geberde vom Tische, indem sie sagt:

»Na, das muß ich aber gestehen! Mit fünfzehn Sous den Tag zu verthun nach Frankreich zurückzukommen! — Aber, mein Herr, ein Eckensteher und Lastträger verdient da mehr!«

»Das ist wohl möglich, liebe Schwägerin, aber ich bin jetzt zu alt und zu gichtbrüchig, um noch etwas zu arbeiten — ich habe durchaus keine Lust, Lastträger zu werden.«

»Und Sie haben geglaubt, Sie könnten in Paris leben,

indem Sie Ihren Brüdern zur Last fallen? — Sie glauben, man würde Sie umsonst beköstigen und beherbergen? — in der That, das wäre sehr bequem!«

»Aber Sie selbst, Schwägerin, boten mir so eben ein Zimmer neben dem Ihrer Kinder an, die ich das Recht haben sollte, auszuschelten, wenn sie zu viel Lärm machen.«

»Als ich dies sagte, mein Herr, dachte ich nicht daran, daß mein Mann beschlossen hat, aus diesem Zimmer seine Bibliothek zu machen, folglich kann man Sie auch nicht darin logiren.«

»Ach, Du legst Dir eine Bibliothek an, Cabet — Du liebst also jetzt die Lectüre, mein Alter? Sonst war Dir so etwas höchst langweilig.«

Herr Cabet zieht seiner Gewohnheit gemäß, wenn er nicht weiß, was er antworten soll, seine Perrücke über die Ohren und stammelt:

»Ich habe Tage — ich lese — ich bin auf das »Journal des Connaissances utiles« abonnirt.«

»Wenn das Zimmer neben dem der Kinder nicht mehr frei ist,« sagt Gaspard, »so legen Sie mich neben die Köchin — ich bin nicht wählerisch.«

»Wir haben auch nicht mehr den kleinsten Raum für Sie, mein Herr — gedenken Sie daher nicht bei uns zu wohnen. Streichen Sie dies von Ihrer Notiztafel — was die Beköstigung betrifft, so wäre diese zu kostspielig. Ein Mann, der beinahe ganz allein zwei Flaschen Medoc trinkt — ohne den gewöhnlichen Wein — der eine Terrine von Nerac für vierundzwanzig Francs, welche wenigstens drei= mal auf unserm Tische erscheinen sollte, auf einen Sitz ver= schlingt — ein solcher Mann würde uns ruiniren. Wir haben

Kinder, an die wir denken müssen, und wenn Sie in Cali=
fornien ein Sybaritenleben geführt haben, so hätten Sie
dort bleiben sollen, mein Herr, anstatt wieder hierherzu=
kommen, um Ihrer Familie zur Last zu fallen.«

»Himmeltausend Donnerwetter! — Wie, Schwägerin,
ist dies die Art und Weise, auf welche Sie den Bruder
Ihres Mannes empfangen? Und Du, alte Schlafmütze, Du
sagst kein Wort — Du gibst zu, daß deine Frau mich auf diese
Weise behandelt, ohne ihr sofort eine Tracht Hiebe zu ver=
abreichen?«

»Eine Tracht Hiebe!« ruft Madame Cabet ganz wü=
thend — »eine Tracht Hiebe! — Sie wollen meinem Manne
rathen, mich zu schlagen — das fehlte nur noch — mein
Herr, ich hoffe, daß Sie uns das Vergnügen machen werden,
niemals wieder einen Fuß über unsere Schwelle zu setzen —
übrigens werde ich auch Befehl geben, daß man Sie nicht
wieder einlasse.«

»O, seien Sie unbesorgt, dicker Wallfisch, ich habe ohne=
dies keine Lust, wieder zu Ihnen zu kommen — nicht als ob
ich mir aus Ihnen etwas machte, sondern weil es mir wehe thut,
einen so dummen Bruder zu haben, der sich behandeln läßt
wie ein alter Gaul. Adieu; Sie bedauern Ihr Frühstück, ich
dagegen bedaure, zu Ihnen gekommen zu sein — folglich sind
wir quitt.«

Und seinen Hut aufstülpend, nimmt Gaspard Brail=
lard seinen Stock und sein Bündel und verläßt das Zimmer,
nachdem er seinem Bruder Cabet einen mitleidigen Blick zu=
geworfen.

Achtes Capitel.

Aller guten Dinge müssen drei sein.

»Ich habe wohl daran gethan, baß ich erst nach dem Frühstück gesprochen habe,« sagt der Reisende bei sich selbst, während er den Boulevard von Straßburg entlang schreitet. »Ich merkte sogleich, baß diese dicke Frau blos freundschaftlich und höflich gegen mich that, weil sie mich für reich hielt — Aber mein Bruder! — wie konnte er zugeben, baß man mich so behandelt — baß man mir in seinem Hause die Thüre zeigt. O pfui! — bas ist schlecht — bas ist mehr als schlecht — es ist feige! Nun bleibt mir nichts weiter übrig, als Abriens Kinder aufzusuchen. Die sind arm, aber ich weiß selbst nicht, warum ich glaube, baß sie mich besser empfangen werden — ihr Vater war ein gar so wackerer Junge! — Rauchen wir mittlerweile eine Pfeife und promeniren wir ein wenig in Paris herum, um wieder Bekanntschaft mit der lieben Stadt zu machen.«

Nachdem Gaspard lange herumpromenirt ist, lenkt er seine Schritte nach der Wohnung der Kinder Abriens. Gegen fünf Uhr Abends kommt er hier an.

Die junge Familie schickte sich eben an, sich zu ihrer Hauptmahlzeit niederzusetzen. Peroline hatte ihre Gesundheit völlig wieder erlangt; sie hatte vollauf Arbeit und die Heiterkeit war bei den Waisen wieder eingekehrt.

Es ist Rosinette, welche dem Reisenden die Thüre öffnet. Sie sieht diesen Herrn an, ben sie nicht kennt. Peroline thut

daſſelbe; das Alter und die Kleidung des Beſuchers verra=
then jedoch diesmal keinen Verführer und er erſchreckt daher
die Mädchen auch nicht.

»Komme ich hier recht zu den Kindern Abrien
Braillard's?« fragt Gaspard, indem er auf der Schwelle ſte=
hen bleibt.

Dieſe Art und Weiſe ſich anzukündigen, gefällt ſchon
den Waiſen, und Peroline beeilt ſich zu antworten:

»Ja, mein Herr; wir ſind die Kinder Abrien Brail=
lard's — haben Sie die Güte einzutreten — Haben Sie
vielleicht unſern Vater gekannt, mein Herr?«

Ehe Gaspard antwortet, betrachtet er mit gerührtem
Blick die beiden Kinder und ihre Schweſter; dann ſetzt er ſich
auf den Stuhl, den Roſinette ihm bietet, und ſagt ſeufzend:

»Ja, ich habe ihn ſehr gut gekannt — euern Vater.
— Der arme Abrien! — ich liebte ihn ſehr, denn er liebte
mich auch — er hatte ein gutes Herz.«

Die Kinder nähern ſich dieſem Manne, der ihnen un=
bekannt iſt, für den ſie aber ſchon Intereſſe fühlen, und
Peroline ſagt zu ihm:

»Aber, es iſt ſeltſam, mein Herr, ich entſinne mich
noch vollkommen wohl aller Perſonen, die zu meinem Vater
kamen, aber Sie habe ich niemals bei ihm geſehen — und
dennoch, da Sie ihn kennen —«

»Ach, leider ſind ſchon viele Jahre verfloſſen, ſeitdem
ich ihn zum letzten Male umarmte — Sie waren damals
noch gar nicht auf der Welt.«

Peroline, welche den Fremden aufmerkſam angeſehen
hat, ſtößt plötzlich einen Schrei aus und wechſelt die Farbe,
indem ſie ſagt:

»Mein Gott — ach, mein Herr — es ist wunderbar, wie ähnlich Sie meinem Vater sehen — Rosinette — sieh nur — findest Du nicht auch?«

»Ja wohl,« sagt die Kleine, indem sie neben ihre Schwester tritt, »besonders von dieser Seite, wo der Herr nicht die tiefe Furche in der Wange hat. — Ja wohl, ganz gewiß hat dieser Herr Aehnlichkeit mit unserem Vater.«

»Ja — ja,« antwortet Gaspard lächelnd; »man sagte es uns oft, als wir noch jung waren, aber im Grunde genommen, liebe Kinder, war dies weiter nicht zu verwundern.«

»Wer sind Sie denn, mein Herr?«

»Jemand, von dem euer Vater Euch gewiß zuweilen erzählt hat, denn Adrien kann mich nicht ganz vergessen gehabt haben. — Jemand, den er nicht nach Amerika gehen lassen wollte, der aber nicht auf seinen Rath hörte.«

»O mein Gott — aber dann —«

»Mit Einem Worte, Jemand, der sich freut, in diesem Augenblicke die Kinder seines Bruders umarmen zu können.«

Gaspard hat kaum diese Worte gesprochen, so eilen die Waisen auch schon in seine Arme, indem sie ausrufen:

»Unser Onkel Gaspard!«

»Ha, welch ein Glück! Es ist unser Onkel Gaspard!«

»Ja, meine Kinder, ja, ich bin es, euer Onkel,« antwortet Gaspard, gerührt durch die Liebkosungen, die er empfängt, durch die Freude, welche die beiden Schwestern und sogar der kleine Knabe über seine Rückkehr an den Tag legen. »Ihr hattet mich wohl nicht erwartet, nicht wahr?«

»Allerdings nicht, lieber Onkel,« antwortet Peroline,

„aber dennoch hatten wir keinen Beweis, daß Du nicht mehr
am Leben wärest und ich und meine Schwester, wir sagten
oft: „Ach, wenn unser Onkel Gaspard wiederkäme!"

„Ja, ja, meine Kinder, Ihr seid nicht wie die Andern,
welche durchaus wollten, daß ich todt wäre. Und warum
wünschet Ihr, daß ich wieder kommen möchte?"

„Nun, das ist doch ganz natürlich — erstens, da un=
ser Vater Dich so sehr liebte, so müssen wir Dich doch auch
lieben, und zweitens sagten wir zu ihm: Dieser Onkel wird
uns vielleicht lieben — er wird es nicht machen wie die An=
dern, welche uns nicht sehen wollen."

„Nein, meine Kinder, nein, ich werde es nicht machen wie
die Andern — und ich fühle, daß ich Euch schon liebe —
komm doch her, Kleiner, laß Dich umarmen — wie heißt
Du denn?"

„Leopold, lieber Onkel."

„Leopold — Du wirst deinem Vater ähnlich werden,
und die Kleine?"

„Rosine, lieber Onkel, aber man nennt mich gewöhn=
lich Rosinette."

„Rosinette, das ist ein hübscher Name. Du siehst mir
ziemlich schalkhaft und muthwillig aus."

„O, jetzt bin ich ganz gesetzt und vernünftig, lieber
Onkel; frage nur meine Schwester."

„O, ich glaube Dir auf's Wort, kleine Rosinette; und
diese große, schöne junge Dame da?"

„Ich, lieber Onkel, bin Peroline, und ich habe das
Blumenmachen gelernt, denn ich mußte doch arbeiten und
Geld verdienen, um leben zu können — und damit es mei=
nem kleinen Bruder und meiner Schwester an nichts fehlte."

„Sehr richtig. Arbeiten ist immer gut — aber dennoch, meine Kinder, hoffe ich, daß eure Onkel sich auch um Euch bekümmern — das heißt, daß Sie Euch geben, was Ihr braucht, damit es Euch an nichts fehle.“

Peroline schlägt die Augen nieder und schweigt.

Rosinette aber ruft aus:

„Unsere Onkel thun gar nichts für uns — sie besuchen uns niemals und die Frau unsers Onkels Cabet hat sogar Isidor, ihrem Stiefsohne, verboten, hierher zu gehen — aber er kommt dennoch, denn er hält viel auf uns.“

„Wäre es möglich — eure Onkel — Cabet, Desiré — thun nichts für die Kinder Ihres Bruders Abrien! Sie bekümmern sich nicht darum, ob es Euch an etwas fehle, sie besuchen Euch nicht einmal! — Ha, bei den Hörnern des Teufels, das ist ja eine wahre Schande! Und ich, Dummkopf, der ich bin, ich, der ich hätte reich werden sollen, um Euch glücklich zu machen, um die Ungerechtigkeit meiner Brüder wieder gutzumachen — ich — ich komme arm zurück — ich komme beinahe ohne einen Heller in der Tasche — ja meine Kinder, ich darf es Euch nicht verschweigen — Euer Onkel bringt Euch aus Amerika kein Geschenk, nicht einmal den kleinsten Shawl, nicht einmal ein Bambusrohr mit — nichts, gar nichts weiter als seine Person, die noch obendrein verteufelt unscheinbar geworden ist.“

„Aber was thut das uns weiter, wenn Du uns nichts gibst, lieber Onkel? Wir wünschen weiter nichts, als einen Verwandten, der uns liebt!“ sagt Peroline, indem sie Gaspard die Hand drückt.

Rosinette thut dasselbe, indem sie ausruft:

„O, wir sind nicht eigennützig, wir gleichen nicht Madame Cadet!"

„Madame Cadet, — ha, von der kann ich auch etwas erzählen! Als sie hörte, daß ich ohne Geld zurückgekommen bin, verbot sie mir, wieder den Fuß über ihre Schwelle zu setzen. Und dieser Dummkopf von Cadet sagte kein Wort dazu, dieser erbärmliche, elende Feigling!"

„Aber Du wirst hungrig und durstig sein, lieber Onkel; wir wollten uns eben zu Tische setzen, als Du kamst — Du wirst mit uns essen. Ach, mein Himmel, wir können Dir kein leckeres Mahl bieten, wir müssen sehr sparsam wirthschaften, aber Du kannst wenigstens überzeugt sein, daß es eine hohe Freude für uns ist, wenn Du theilnehmen willst an dem, was wir haben."

„Ich nehme eure Einladung an, liebe Kinder — das einfachste Mahl aus gutem Herzen geboten, ist besser als ein Schmaus, bei welchem man uns ein finsteres Gesicht zeigt. Uebrigens habe ich heute Abend keinen großen Hunger, denn ich habe schon tüchtig bei Cadet gefrühstückt, wo man mich tractirte wie einen Fürsten, so lange man mich für reich hielt. Doch gleichviel — setzen wir uns zu Tische, Kinder, und es lebe die Heiterkeit! Sacrebleu! Hier fühle ich mich behaglich, hier fühle ich mich glücklich! Ach, wie schön ist es, von Leuten umgeben zu sein, von welchen man geliebt wird!"

Gaspard umarmt noch einmal die Kinder Adriens, dann setzt man sich zu Tische. Die Mahlzeit besteht blos aus einer Kohlsuppe, dann aus einer großen Schüssel Kartoffeln, in welcher ein kleines Stück Hammelfleisch figurirt.

„Du wirst sehen, wie gut dies alles schmeckt, lieber

Onkel,« sagt Rosinette, »ich bin die Köchin und verstehe mein Amt sehr gut.«

Die beiden Mädchen erschöpfen sich in Aufmerksam=keiten gegen ihren Onkel — jede will ihm vorlegen.

Als aber die Suppe gegessen ist und Gaspard sein Glas nimmt, erröthet Peroline, gibt dann ihrer Schwester einen Wink, sagte ihr leise einige Worte und die Kleine schickte sich an, das Zimmer zu verlassen, nachdem sie sich mit einer leeren Flasche versehen.

Ihr neuer Gast aber, der dies alles bemerkt hat, hält Rosinetten am Arme zurück, indem er zu ihr sagt:

»Wo willst Du hin, mein Kind?«

»Lieber Onkel, ich komme sogleich wieder, ich werde nicht lange fort sein.«

»Das ist ganz gut, aber Du antwortest nicht auf meine Frage; ich frage Dich, wo Du hingehst?«

»Lieber Onkel, ich will Wein holen, weil wir keinen mehr haben, wir haben den letzten ausgetrunken.«

»Bemühe Dich nicht, Kleine, es ist nicht nöthig. Ihr trinkt gewiß keinen Wein, davon bin ich überzeugt; antworte mir, Peroline, aber lüge nicht.«

»Wohlan, lieber Onkel, allerdings trinken wir gewöhn=lich Wasser — uns ist es ganz gleich, wenn wir auch keinen Wein zu trinken haben — aber mit Dir, lieber Onkel, ist es etwas Anderes; Du darfst nicht ohne Wein diniren und Du wirst uns erlauben, Dir diesen anzubieten —«

»Nein, meine Kinder, nein. Wenn ich mich bei Euch wohl fühlen soll, so dürft Ihr an euren Gewohnheiten nichts ändern. Ich trinke gern ein Glas Wein, das ist wahr, und ich werde es nicht läugnen, aber wenn Ihr glaubt, daß

ich ihn nicht entbehren könne, so irrt Ihr Euch. Da gibt
es noch ganz andere Dinge, die ich habe entbehren müssen.
In jenen fremden Ländern, wo ich seit fünfundzwanzig
Jahren gewohnt habe — glaubt Ihr, daß ich dort immer
wie ein großer Herr gelebt habe? dann würdet Ihr Euch
sehr irren! Ich bin allerdings reich gewesen — ich
habe flott gelebt — aber ich bin auch sehr arm und dürftig
gewesen. Zuweilen habe ich ganze Monate in Wäldern zugebracht, in wilden, unangebauten Gegenden, wo ich weiter
nichts zur Nahrung hatte, als einige Stückchen hartes, mo-
driges Schiffszwieback, einige herbe oder bittere Wurzeln und
zum Trinken weiter nichts, als aus den Bächen geschöpf-
tes Wasser, welches nicht immer sehr rein und klar war. —
Wohlan, damit lebte ich und befand mich wohl. Deshalb
glaube ich, man kann sich sehr glücklich fühlen, wenn man
filtrirtes Wasser zu trinken, eine gute Suppe und dieses vor-
treffliche Fricassé zu essen hat, welches dem Kochtalent meiner Nichte Rosinette alle Ehre macht. Geh, Kleine, setz Dich
nieder — Du siehst, daß Du das Haus nicht zu verlassen
brauchst.«

»Na, gleichviel,« sagt die Kleine, indem sie sich wieder
setzt, »wir werden Dir dennoch Wein zum Dessert vorsetzen,
lieber Onkel, denn man hat mir dessen zum Geschenk gemacht
— süßen Wein — eine schöne halbe Flasche, und wir haben
sie noch nicht angerührt — da haben wir heute gleich Gele-
genheit, sie anzubrechen!«

»O, das ist etwas Anderes, liebe Nichte — Wein,
den man Dir geschenkt hat — ja, den werden wir kosten!«

»Unser Freund Samsonnac Dickkopf hat mir ihn geschenkt. Und dann hat er uns auch Geld geliehen — hun-

bert Francs — eine ungeheure Summe — wir brauchten es nicht — aber es kann uns von großem Nutzen sein, wenn wieder Eins von uns krank würde.«

»Ah, Ihr habt also Freunde, die Euch Geld leihen?«

»Lieber Onkel,« sagt Peroline, »Du wirst deswegen nicht schlimm von uns denken.«

»Nein, liebes Kind, es wäre mir unmöglich, schlimm von Dir zu denken. Ich brauche Dich blos anzusehen, um überzeugt zu sein, daß Du über jeden Vorwurf erhaben bist.«

»Trotzdem aber, lieber Onkel, und da meine Schwester Dinge sagt, welche man gewöhnlich verschweigt, so muß ich Dir mittheilen, auf welche Weise dieser Herr Melchior Samsonnac unser Freund geworden ist, — übrigens wirst Du ihn auch ohne Zweifel hier sehen und Du mußt ihn überhaupt kennen lernen.«

»Nun dann sprich, liebe Nichte, ich höre Dich.«

Peroline erzählte Gaspard Alles, was sich auf ihr Verhältniß zu Samsonnac bezieht, und als sie fertig ist, ruft ihr Onkel aus:

»Er wollte sich für Dich schlagen, mein Kind, mit jenem eleganten Herrn, der Dich verfolgte? Das ist schön — das ist wacker gehandelt und ich werde mich sehr freuen, seine Bekanntschaft zu machen. Jetzt aber — gestehe mir offen — es wäre ja durchaus nichts Unrechtes — macht dieser Herr Samsonnac Dir nicht ein wenig den Hof? — ist er nicht verliebt in Dich?«

»O nein,« murmelte Rosinette, »der nicht!«

Und dann heftete sie ihre Blicke schnell wieder auf ihren Teller, um denen ihrer Schwester auszuweichen.

Peroline seufzt tief auf und antwortet dann, während ihr die Thränen in die Augen treten:

»In der That — meine Schwester — ist sehr unartig — sie zwingt mich — Geständnisse zu thun — welche —«

»Behalte deine kleinen Geheimnisse, liebes Kind, und glaube, daß ich auf das, was Mademoiselle Rosinette so eben gesagt hat, durchaus kein Gewicht lege.«

»Verzeihe mir, lieber Onkel; ich werde Dir alles sagen, und übrigens, warum sollte ich ein Geheimniß aus einem Gefühle machen, über welches ich nicht zu erröthen brauche? Der junge Mann, den ich liebe — der mir gestanden hat, daß er mich ebenfalls liebt, daß er niemals eine Andere heiraten will als mich, ist der älteste Sohn meines Onkels Cadet — der, welchen er von seiner ersten Frau hat — es ist mein Cousin Isidor. Ach, ich fürchte sehr, daß diese Liebe uns sehr unglücklich machen werde, denn Madame Cadet haßt mich, wie sie unsern Vater haßte — sie will schon Isidor an ein Mädchen verheiraten, welches er nicht ausstehen kann, und sein Vater ist derselben Meinung wie seine Stiefmutter — mein Cousin aber will sich nicht zu dieser Heirat verstehen. Er hat mir geschworen, mich immer zu lieben. — Wenn wir Unrecht gethan haben, mein Onkel, so verzeihe uns — die Liebe läßt sich nicht befehlen und Isidor und ich, wir suchen unser Glück nicht im Reichthume.«

»Armes Mädchen!« ruft Gaspard aus, indem er Perolinens Hand schüttelt, »ich habe Dir nichts zu verzeihen, denn ich billige deine Handlungsweise. Ich kenne meinen Neffen Isidor noch nicht, da Du ihn aber liebst, so muß er ein hübscher Junge sein und ein gutes Herz haben, welches nicht dem seines Vaters ähnelt. Ich werde Euch beschützen, liebe

Kinder — in werde eurer Liebe mit allen meinen Kräften dienen — unglücklicherweise werde ich bei andern Leuten nicht viel Einfluß besitzen — und — na, wer weint denn da?«

Es war Mademoiselle Rosinette, welche hinter ihrer Serviette schluchzte, weil ihre Schwester sie »ungezogen« und weil ihr Onkel sie »Mademoiselle« genannt hatte.

»Es ist meine Schwester Rosine, welche weint,« sagt der kleine Knabe.

»Ha, Teufel! — Und warum weinen wir denn, wenn ich fragen darf, liebe Nichte?«

»Ach, lieber Onkel, Du hast mich Mademoiselle genannt — und meine Schwester — sagte — ich — wäre ungezogen.«

»Allerdings hätte ich nicht sollen sagen ungezogen, sondern schwatzhaft!«

»Ich will es nicht mehr sein.«

»Das glaube ich, denn jetzt hast Du weiter nichts mehr zu erzählen.«

»Na, Kleine, gehe hin und umarme deine Schwester — so is's recht — und nun mich — so ist der Frieden unterzeichnet.«

»Und ich werde nun meine halbe Flasche holen.«

»Ja, liebes Kind, und während wir deinen Wein kosten und von diesem Käse essen, der sehr gut aussieht, werde ich Euch erzählen, was ich diesen Morgen gemacht habe.«

Gaspard erzählt nur seine Besuche bei seinem Bruder, dem Advocaten, und bei dem ehemaligen Apotheker, und was die Folge davon gewesen ist.

Dann sagt Peroline zu ihm:

»Sonach, lieber Onkel, gedachtest Du wohl, bei einem oder dem andern deiner Brüder zu wohnen?«

»Versteht sich — ich hatte geglaubt, daß sie doch wohl noch einen kleinen Winkel für mich hätten, aber ich hatte mich geirrt — ich werde mir nun ein kleines möblirtes Zimmer suchen.«

»Ach, lieber Onkel, wenn Du nicht wählerisch wärest, dann könnten wir Dir vielleicht ein Bett anbieten — aber freilich wäre es in einer Bodenkammer.«

»Ach, liebes Kind, dafern ich nur einen Ort habe, wo ich ausruhen kann. Was frage ich darnach, ob es in einer Dachkammer oder in einem schönen Zimmer ist! Ich habe im Walde auf der nackten Erde geschlafen, als ich Gold suchte — ich hatte nicht immer eine Decke — aber das war mir gleich — ich schlafe überall.«

»Dann, lieber Onkel, höre, was ich Dir sagen will. Wir haben hier oben darüber eine kleine Bodenkammer mit einem Fenster, welches auf den Hof geht. Wir brauchen diese Kammer nicht, und haben blos einige alte Möbel darin stehen. Wir wollen aber eine Matratze, einen Strohsack, eine Decke, Betttücher, ein Kopfkissen hinauftragen, und dann —«

»Ach, Kinder, das ist schon viel zu viel! Ein Strohsack genügt mir.«

»O, das wäre noch besser! — Nein, wir haben ja Alles! Ich habe zwei Matratzen und ein Roßhaarkissen in meinem Bett. Ich brauche nicht zwei Matratzen und zwei Decken, — Betttücher haben wir auch genug.«

»Ja wohl, ja wohl!« ruft Rosinette, »wir haben noch

viel Wäsche — sechs Paar Betttücher, drei Dutzend Serviet-
ten — sechs —«

»Mademoiselle Rosinette, ich verlange nicht, daß Du
mir euren ganzen Wäschvorrath herzählen sollst. Na, meine
Kinder, wenn es Euch nicht zu sehr genirt, so nehme ich
euer Anerbieten an, und werde bei Euch wohnen!«

»O welche Freude! Unser Onkel bleibt bei uns Er
wird nirgends weiter hingehen.«

»Er wird mit uns essen!«

»Erlaubt, Kinder, eine Minute, — verständigen wir
uns vor allen Dingen. Ihr müßt voraussetzen, daß es nicht in
meiner Absicht liegt, Euch eine neue Last aufzubürden —
die Last, mich zu ernähren — da dieses arme Mädchen hier
ohnehin ununterbrochen arbeiten muß, um das für Euch
Nöthige zu erschwingen.«

»O lieber Onkel, das thut nichts — ich werde zwei
Stunden länger arbeiten — damit ist Allem abgeholfen.«

»Uebrigens,« sagt Rosinette, »sind wir jetzt auch
wohlhabend, denn man hat uns hundert Francs geliehen
und von der verkauften Uhr haben wir auch noch Geld
übrig.«

»Schweig, Rosinette — schweig, oder Du wirst
sogleich wieder Ursache haben, zu weinen. Hört mich an,
Kinder. Ich sagte, daß ich arm wiedergekommen sei, das ist
auch wahr. Dennoch aber habe ich noch eine kleine Rente,
und in Folge derselben per Tag fünfzehn Sous zu verzehren — das ist allerdings sehr wenig, aber leben kann ein
Mensch im Nothfalle davon. Wein kann er freilich nicht
trinken, aber dann läßt er es eben bleiben. Wenn ich mich
nun dazu verstehe, bei Euch zu essen, so geschieht es natür-

lich unter der Bedingung, daß ich Euch diese fünfzehn Sous
gebe und dabei verlange, daß dieser Betrag für meine Beköstigung niemals überschritten werde. Merke Dir das, kleine
Rosinette, da Du das Küchendepartement zu verwalten
hast — glaubst Du Dich mit dieser kleinen Summe begnügen zu können?«

»Ja wohl, lieber Onkel — fünfzehn Sous alle Tage
mehr — das ist schon viel — ich werde sie nicht immer ausgeben.«

»Wenn Du Ersparnisse machst, so kannst Du Dir
damit einen Mann kaufen, wenn Du alt genug bist, um zu
heiraten, denn Mädchen, die nichts haben, bekommen nicht
leicht Männer. Um zu beginnen, wollen wir vor allen Dingen sehen, wie viel ich noch von meiner Reise übrig habe.«

Gaspard greift in die Tasche und zieht einen Leder-
beutel heraus, welcher langjährige Dienste geleistet zu haben
scheint. Er schüttet ihn auf den Tisch aus, und als man das
Geld zählt, findet sich eine Summe von siebenundzwanzig
Francs und zehn Sous.

»Zum Teufel, ich glaubte nicht, daß ich noch so reich
wäre!« sagt Gaspard. »Hier, Peroline, Du, als die Aelteste,
mußt die Casse führen — hier sind fünfundzwanzig Francs
— ich behalte fünfzig Sous zu meinem Tabak, daran habe ich
lange und werde von meinen Einkünften nicht eher wieder
etwas brauchen, als bis Ende December.«

»Aber, lieber Onkel, Du gibst uns zu viel, das ist
ja mehr als für einen Monat; behalte doch noch etwas —«

»Nein, liebes Kind, ich habe genug, die Rechnung ist
gemacht und man muß nicht wieder darauf zurückkommen.

Jetzt, da ich ein wenig müde bin, möchte ich mein Zimmer sehen.«

»Wir wollen Dich hinführen, lieber Onkel, und Dir Alles hinauftragen, was Du brauchst.«

In diesem Augenblicke verkündet leises Anpochen einen Besuch.

»O, ich errathe wer es sein kann,« sagt Peroline erröthend. »Er wird deine Ankunft erfahren haben, und er erräth, daß er Dich hier finden wird.«

»Er — ganz recht! Ich errathe — es ist der Cousin.«

In der That ist es Isidor, welcher, nachdem er erfahren, was während des Vormittags bei seinem Vater vorgegangen ist, zu den Waisen kommt, wo er seinen Onkel Gaspard zu treffen hofft.

»Es ist mein Cousin Isidor!« ruft Rosinette, und als der junge Mann einen Herrn, den er nicht kennt, bei den Kindern sieht, betrachtet er ihn einige Augenblicke lang, wirft sich dann in seine Arme und ruft aus:

»Ah, Du bist mein Onkel Gaspard!«

»Ja, mein Junge, ja, ich bin dein Onkel!« entgegnet Gaspard, indem er Isidor umarmt. »Du willst mich also sehen — mich kennen lernen, und dennoch hat man Dir ganz gewiß gesagt, daß ich arm, so zu sagen als Bettler zurückgekommen bin.«

»Ach, was frage ich darnach, lieber Onkel, ob Du reich oder arm bist — es ist der Bruder meines Vaters, den ich wiederfinde — der Verwandte, den man nicht hoffte wiederzusehen, und den ich mich nun freue zu umarmen.«

»Na, ich sehe, daß man mich hier nicht belogen hat,

als man mir eine Lobrede für dein gutes Herz hielt. Aber, sage mir, weiß dein Vater, daß Du mich aufsuchen wolltest?«

»O, ich habe es nicht verhehlt, lieber Onkel; ich dachte mir, daß ich Dich hier finden würde — ich habe gesagt, daß ich hierhergehen wollte, um Dich zu begrüßen. Ich habe es in Gegenwart meiner Stiefmutter gesagt —«

»Und dein Vater hat es Dir nicht verboten?«

»Im Gegentheile; er drückte mir heimlich die Hand und sagte leise: Du machst es recht.«

Gaspard fährt sich mit der Hand über die Augen, indem er murmelt:

»Er ist noch nicht ganz verdorben.«

Dann hebt er heiter wieder an:

»Wohlan, mein Neffe, wenn meine beiden Brüder mich nicht bei sich haben beherbergen wollen, so ist mir das nun sehr lieb, denn ich bleibe bei diesen lieben Kindern. Sie behalten mich, sie beherbergen mich. Die Armen thun, was die Reichen nicht thun wollten. Es kommt das sehr häufig vor. — Nun, was sagst Du dazu, mein Freund?«

»Ach, lieber Onkel, dies wundert mich durchaus nicht. Meine Cousine besitzt alle Tugenden.«

Und Isidors Blicke ruhen mit Liebe auf Perolinen.

Gaspard versteht diesen Blick und lächelt, indem er sagt:

»Ja, ja, in der That, Du mußt das Herz dieses guten Mädchens kennen, Du mußt sie lieben, sie verdient es, und ich würde Dir meine Freundschaft entziehen, wenn Du sie nicht liebtest.«

»O dann, lieber Onkel, wirst Du sie mir niemals entziehen!«

„Diese lieben Kinder — Donnerwetter und Sturm!
— es ärgert mich doch, daß ich nicht mit Vermögen zurück=
gekommen bin — ich hätte Euch sofort mit einander ver=
heiratet."

„Ach, mein lieber Onkel, Du hast also schon errathen,
daß ich meine Cousine anbete?"

Peroline erröthet und schlägt die Augen nieder.

Der Onkel lächelt, indem er antwortet:

„Ja, mein Freund, ich bin ein wenig Hexenmeister,
ich errathe sofort alle Geheimnisse der Liebenden."

Rosinette öffnete den Mund, um etwas zu sagen, aber
ihr Onkel sieht sie an und sie schweigt.

„Nun, da ich die Bekanntschaft dieses wackern Jungen
gemacht habe, verlange ich mein Bett, denn ich bin todtmüde."

„Sogleich, lieber Onkel; wir werden Dir alle bei dei=
nem Einzuge behilflich sein."

Isidor nimmt die Matratze, Rosinette die Decke, Pe=
roline die Betttücher, der kleine Knabe will durchaus das
Kopfkissen tragen und Gaspard trägt einen Stuhl, einen
Leuchter und einen kleinen Tisch, von welchem Peroline
gesagt hat, daß sie ihn nicht brauche.

Man geht in die Dachkammer hinauf, die sich über
dem Wohnzimmer der Waisen befindet. Während man hier
kehrt und fegt, um die Kammer ein wenig in ein Zimmer
umzugestalten, geht Isidor rasch wieder hinunter und kauft
mehrere Bund Stroh, welche man sogleich heraufbringt und
welche die Matratze schützen, bis man den Strohsack gefer=
tigt haben wird.

Bald ist Alles beendet. Der Heimgekehrte umarmt seine
Nichte und seinen Neffen und sagt zu ihnen:

*

»Jetzt gute Nacht, meine Kinder, ich bin bei Leuten, die mich lieben — die mich mit Liebe aufgenommen haben — ich würde diese Dachkammer nicht gegen ein Zimmer im Hotel du Louvre vertauschen — gute Nacht!«

Neuntes Capitel.

Die Idee eines Kindes.

Gaspard ist seit drei Tagen bei den Kindern Abriens, wo er sich vollkommen wohl fühlt. Des Morgens geht er hinunter zu ihnen, um mit ihnen zu frühstücken.

Nach der Mahlzeit stopft er seine Pfeife und geht aus.

Er bummelt in Paris herum und erkundigt sich nach einigen alten Freunden. Er kommt nie eher als bis zur Stunde der Hauptmahlzeit zurück, weil er seinen Nichten nicht lästig fallen will. Des Abends aber bleibt er bei den Kindern. Er erzählt ihnen seine Reisen, seine Abenteuer, und man hört ihm mit dem größten Interesse zu.

Oft ruft der kleine Leopold aus:

»Wenn ich groß bin, dann reise ich auch, wie mein Onkel; ich will in das Land gehen, wo man Gold findet, wenn man in der Erde herumkratzt.«

Und Gaspard pocht dem kleinen Knaben auf die Wange, indem er zu ihm sagt:

»Lieber Freund, weit besser ist es, wenn man sich in seinem Vaterlande bemüht, Geld zu verdienen — das ist viel angenehmer und weniger gefährlich.«

Den neuen Gast der Kinder hat noch nicht Melchior Samsonnac gesehen, dessen Bekanntschaft er sehr wünschte zu machen.

Es dauert auch nicht lange, so findet der Weinmäkler sich bei seinen jungen Freundinnen ein. Der Onkel ist noch nicht zum Diner nach Hause gekommen, aber man nöthigt den jungen Mann, ihn zu erwarten, nachdem man ihm erzählt, wie dieser Verwandte in Paris von seinen Brüdern empfangen worden, und daß er deshalb in ihrer kleinen Dachkammer wohnt.

»Sie werden mit bei uns speisen,« sagt Peroline zu Samsonnac, »und die Bekanntschaft unseres Onkels Gaspard machen — er ist ein sehr heiterer liebenswürdiger Mann.«

»Und erzählt uns höchst merkwürdige Dinge, die er bei den Wilden Amerika's gesehen hat! O, es ist sehr unterhaltend!« ruft Rosinette.

»Aber, Herr Samsonnac, Sie werden nur ein mageres Diner bei uns finden.«

»Ich nehme Ihre Einladung nur unter der Bedingung an, daß Sie mir erlauben, eine Pastete zu holen — es ist mein Lieblingsgericht — ich esse Pasteten leidenschaftlich gerne, und hatte mir schon vorgenommen, mich heute mit einer zu regaliren.«

»Aber das ist nicht nothwendig.«

»O, doch, doch!« sagt Rosinette. »Laß doch meinen Freund Dickkopf seine Pastete holen. Mein Onkel wird schon gerne davon essen.«

»Abgemacht! Ich gehe jetzt die Pastete zu kaufen und komme dann wieder.«

Während Samsonnac die Pastete holt, schickt Peroline ihre Schwester nach Wein, denn man kann sich schon einen kleinen Extraaufwand erlauben, wenn man einen wahren

Freund tractirt. Man thut dies ja oft um einfacher Bekannt=
ter willen, die nicht unsere Freunde sind.

Samsonnac ist mit einer Pastete und zwei halben
Flaschen delicaten Weinproben zurückgekehrt. Als Gaspard
nach Hause kommt, ist er nicht wenig erstaunt, die Zurü=
stungen zu einem Diner zu sehen, welches für die, die es
geben, ein förmlicher Schmaus ist.

Man stellt ihm jedoch den Mann vor, dessen Bekannt=
schaft er zu machen wünscht, und er schüttelt ihm kräftig die
Hand, indem er zu ihm sagt:

„Ich weiß, was Sie für diese Kinder gethan haben —
ich weiß, daß Sie im Begriffe gewesen sind, sich für meine
Nichte Peroline zu schlagen. Von dem Augenblicke an rech=
nen Sie mich zur Zahl Ihrer Freunde."

„Dieser Name ehrt mich, mein Herr," antwortet Sam=
sonnac, indem er stolz seine Mähne schüttelt. „Ich bin stolz
darauf und hoffe, ihn immer zu verdienen."

„Und nun zu Tische, meine Kinder, welch' ein lukul=
lisches Mahl — eine duftende Pastete — volle Flaschen —"

„Lieber Onkel, so ein Fest haben wir nicht alle Tage."

„Mein Freund Dickkopf hat die Pastete gebracht —
und auch diese kleinen Flaschen —"

„Wohlan, wir werden uns an allen diesen guten Din=
gen laben. Es ist schade, daß mein Neffe Isidor nicht bei
uns ist. Es fehlt aber Niemand als er, um das Fest voll=
ständig zu machen."

„Ja, das ist wohl wahr," antwortet Peroline seuf=
zend; „aber dieser arme Isidor setzt sich, wenn er uns be=
sucht, dem Zorne seiner Stiefmutter aus."

„Ich hoffe, daß ihm dies sehr egal ist."

»Ach, lieber Onkel,« ruft Rosinette, »wenn Du an=
statt arm reich zurückgekommen wärest, wie würde Ma=
dame Cadet sich ärgern, wenn sie erführe, daß Du bei uns
wohnst.«

Gaspard gibt hierauf weiter keine Antwort, als daß er
die Kleine küßt und dann traurig den Kopf schüttelt. Sam=
sonnac aber schlägt sich vor die Stirn und sagt:

»Halt! halt! Das, was meine kleine Rosine eben sagte,
bringt mich auf eine Idee — ja, in der That, auf eine Idee,
die ganz vortrefflich sein kann.«

»Und was ist das für eine Idee?«

»Lassen Sie sie mich ein wenig in meinem Kopfe zur
Reise bringen — bei dem Dessert werde ich sie Ihnen mit=
theilen.«

»Wenn es sich darum handelt, diese boshafte Frau zu
züchtigen, welche meinen Bruder eben so schlimm gemacht
hat, als sie selbst ist, so billige ich Ihre Ideen im voraus.«

»Ja, ja — es handelt sich eben um Madame
Cadet.«

»Unser Freund Samsonnac hat sich schon nicht wenig
über sie lustig gemacht, mußt Du wissen, lieber Onkel. Liebe
Schwester, erzähle doch die Geschichte von dem Briefe, wel=
cher unterzeichnet war: Jemand, der sich nicht vor Ihnen
fürchtet!«

»Es wird besser sein, wenn unser Freund diese Ge=
schichte selbst erzählt. Er wird am besten wissen, was er ge=
schrieben hat.«

Samsonnac erzählt die Geschichte des anonymen Brie=
fes und sämmtliche Vorfälle, welche die Folgen davon gewe=
sen sind.

Gaspard lächelt nicht wenig über den Zorn der Madame Cadet.

»Unglücklicherweise,« hebt Melchior wieder an, »hat alles dies in der Lage dieser armen Kinder keine Veränderung herbeigeführt, während das, was mir jetzt eingefallen ist, wohl eine sehr günstige Umwandlung zur Folge haben könnte.«

»Sie machen uns ganz verteufelt neugierig — und worin besteht denn Ihr Project?«

»Es ist sehr einfach — es handelt sich um weiter nichts als Madame Cadet glauben zu machen, daß Sie sehr reich — als Millionär aus Californien zurückgekommen seien — und daß Sie blos um Ihre Verwandten auf die Probe zu stellen, um ihre wahre Gesinnung zu erforschen, sich arm gestellt und vorgegeben hätten, sie hätten keinen Heller mitgebracht.«

»In der That, die Idee ist nicht übel. Aber was wird die Folge davon sein?«

»Die Folge davon wird erstens sein, der Aerger, die Reue, der Zorn der Madame Cadet, die untröstlich sein wird, Sie so behandelt zu haben, wie sie gethan hat, und die, im Voraus auf Ihren Reichthum speculirend, sich sagen wird: »Nun werden meine Kinder nichts von ihrem Onkel Gaspard bekommen, den Kindern Adriens dagegen, die ihn so gut aufgenommen, so gut behandelt haben, da er bei ihnen wohnt und ißt, wird er sein ganzes Vermögen — seine Millionen vermachen;« und sehen Sie nicht im Voraus, wozu dieser Gedanke Madame Cadet treiben wird? Sie ist recht wohl im Stande, plötzlich ein ganz anderes Benehmen gegen unsere Waisen einzuschlagen — ihre Freundschaft zu suchen — ja, wer weiß, ob sie nicht, um Ihnen angenehm

zu sein, so weit gehen wird, in die Heirat unserer liebens=
würdigen Peroline mit ihrem Stiefsohne zu willigen.«

»O mein Gott, Sie glauben?« ruft Peroline aus.

Und Rosinette springt auf ihren Stuhl, klatscht in die
Hände und sagt:

»O, das wäre schön! — das wäre schön! — Ja, der
Dickkopf hat eine gute Idee.«

»Aber, lieber Onkel,« hebt Peroline wieder an, »wäre es
nicht unrecht, wenn man List anwenden wollte, um die Ein=
willigung der Eltern Isidors zu seiner Vermälung mit
mir zu erlangen?«

»Nein, ganz gewiß nicht, liebe Freundin, jede List ist
erlaubt, so lange sie blos ein lobenswerthes, ehrenwerthes
Ziel hat. Nach meiner Ansicht ist deine Vermälung mit
deinem Cousin das Glücklichste, was es für Dich und für ihn
geben kann, und Madame Cabet verdient ihrer so unge=
rechten unmenschlichen Handlungsweise wegen mit Recht
eine derbe Züchtigung. Unglücklicherweise aber wird es sehr
schwer sein, sie jetzt glauben zu machen, daß ich reich bin, da
ich ihr meine Stellung schon so freimüthig auseinanderge=
setzt habe.«

»Darüber machen Sie sich keine Unruhe,« sagt Sam=
sonnac, »das ist meine Sache — ich bin nicht umsonst aus
Bordeaux gebürtig — lassen Sie mich nur die Sache führen
— ich werde schon Alles machen. Sie können sich denken,
daß ich nicht etwa ohne weiters zu Madame Cabet gehen
und zu ihr sagen werde: »Ihr Schwager hat Sie belogen
— er ist Millionär!« O nein — da werde ich ein wenig ge=
wandter zu Werke gehen — ich setze Sie blos jetzt von
meiner Absicht in Kenntniß und dies ist die Hauptsache. Sie,

meine junge Dame, werden auch den Cousin Isidor davon
unterrichten, damit er durch hie und da hingeworfene halbe
Worte mein Project unterstütze, ohne daß es den Anschein
hat. Und nun schlage ich vor, daß wir ein Glas auf das
Gelingen meines Planes trinken.«

Der Vorschlag des Weinmäklers wird angenommen.

Nach dem ersten Toaste bringt Gaspard einen zweiten
aus auf die baldige Vermälung seiner Nichte Peroline mit
ihrem Cousin Isidor und hierzu wird die zweite halbe
Flasche getrunken. Mademoiselle Rosinette kratzt hierauf
Samsonnac an der Schulter und sagt zu ihm:

»Aber was gedenken Sie denn zu thun, damit man
glaube, mein Onkel sei reich?«

Und der junge Mann antwortet ihr:

»Meine kleine Freundin, das weiß ich selbst noch nicht
recht, aber wenn ich es auch wüßte, so würde ich es Dir doch
nicht sagen, denn Du bist ein wenig zu schwatzhaft.«

»O Sie Garstiger, und ich habe Sie doch erst auf
diese Idee gebracht!«

»Das gebe ich zu — Du hast den Gedanken in mir
erweckt, aber Du hast mir nicht zugleich angegeben, auf
welche Weise ich ihn ins Werk setzen soll, und darüber denke
ich jetzt nach.«

Der Abend vergeht schnell, denn Jeder stellt seine Ver-
muthungen über das an, was geschehen kann, wenn Madame
Cadet glaubt, ihr Schwager habe sie auf die Probe stellen
wollen.

Endlich nimmt Samsonnac Abschied von der Familie,
indem er nochmals sagt:

»Lassen Sie mich nur machen — kümmern Sie sich

um nichts — Sie haben bei der ganzen Sache nichts weiter zu thun, als die Ereignisse abzuwarten.«

»Ich habe mir vorgenommen, diese jungen Liebesleute mit einander zu vermölen und, Capébébious! ich werde sie vermälen,« sagt Samsonnac bei sich selbst, während er sich nach Hause begibt. »Und es wird ein doppeltes Vergnügen sein, wenn ich mich gleichzeitig an dieser dicken Dame rächen kann, die mich auf so unanständige Weise behandelt hat und mir ihr Nachtgeschirr auf den Kopf werfen wollte. — Es wird jedoch nicht sehr leicht sein, sie zu täuschen. Wir müssen uns zu diesem Zwecke aller Eigenliebe entschlagen. Morgen gehe ich zu dem Freunde meines Vaters, zu Meister Cottentin, dem Juristen. Es läßt sich nicht läugnen, daß er ein Kerl ist, der, was List und Schlauheit betrifft, seines Gleichen sucht. Juanita kann mir vielleicht auch nützlich sein. Ich werde Sorge tragen, mich mit Chocolade für Letztere und einer tüchtigen Probeflasche Xereswein für Ersteren zu versehen.«

Am nächstfolgenden Morgen, neun Uhr, war Samsonnac in der Rue Saint-Hyacinthe-Saint-Michel und klingelte an der Thür des Anwalts.

Juanita öffnet und stößt einen Freudenruf aus, als sie ihren ehemaligen Schüler wieder erkennt. Sie schlägt beinahe ein Entrechat und wirft sich in die Arme des jungen Mannes, indem sie ausruft:

»Ach, es ist der liebe Kleine — ha, welche Freude, welches Vergnügen! Es ist so lange her, seitdem man ihn nicht gesehen — er hat sein schönes Haar immer noch — umarmen Sie mich doch, lieber Freund!«

Samsonnac thut ein Uebriges; er umarmt die Tän=
zerin und sagt zu ihr:

»Ja, ich bin es, gute Juanita — und was macht
Meister Cottentin?«

»Sie werden ihn sogleich sehen — er befindet sich
wohl — er ist aufgestanden — er hat gegenwärtig keine
Gicht.«

»Um so besser.«

Der junge Mann tritt in das Cabinet des Anwalts,
welcher, als er ihn erblickt, sagt:

»Ich erkannte die Stimme des Sohnes meines alten
Freundes von Bordeaux sogleich, aber dennoch sagte ich zu
mir: »Warum sollte der junge Samsonnac mich besuchen?«
Ohne Zweifel bedarf er meiner nicht mehr?«

»Ach, Meister Cottentin, das ist schlecht von Ihnen,
so etwas zu sagen, und dennoch muß ich zugeben, daß in
Ihren Gedanken etwas Wahres liegt — nicht als ob ich
jetzt käme, um Sie zu bitten, mir eine Beschäftigung zuzu=
weisen. Dank sei dem Himmel, ich befinde mich jetzt in
einer sehr angenehmen Stellung.«

»Sehen Sie nur, wie schön er gekleidet ist,« ruft
Juanita, »er hat lackirte Stiefel an!«

»Und was machen Sie denn jetzt, lieber Freund?«

»Ich bin Weinmäkler — ich reise für einige Keller in
Percy.«

»Und Sie wollen mir Wein anbieten?«

»Nein, beruhigen Sie sich; ich komme, um Ihnen
diese halbe Flasche Xeres, der so eben aus Indien zurückge=
kommen, zum Geschenke anzubieten.«

»Peste! Der ist sein Geld werth. Und für meine Leh=

rerin Juanita bringe ich hier einige Tafeln Vanille-Choco-
lade.«

»Ach, wie freundlich! — Er hat an mich gedacht!«

»Und was verlangen Sie von uns für diese schönen
Geschenke?«

»Sie sollen mir Jemanden betrügen helfen —«

»O, wenn es ein Mann ist, dann wird es sehr leicht
sein,« sagt die ehemalige Tänzerin.

»Nur sachte, Juanita; lassen Sie unseren jungen
Freund sich erklären — reden Sie, Samsonnac.«

»Die Sache ist mit zwei Worten folgende: Ein ge-
wisser Gaspard Braillard — merken Sie sich den Namen
genau, kommt nach einer Abwesenheit von fünfundzwanzig
Jahren aus Californien zurück. Er hat hier zwei Brüder,
die reich sind, besonders der eine, Cadet Braillard, der mit
einer boshaften und fürchterlich eigennützigen Frau verheiratet ist. — Nun ist mein Gaspard ganz arm wieder gekommen und diese böse Schwägerin hat ihm die Thür gewiesen.
Jetzt würde es sich darum handeln, sie glauben zu machen,
unser Reisender sei im Gegentheil sehr reich und habe sich
blos für arm ausgegeben, um seine Verwandten auf die
Probe zu stellen. Das ist die ganze Geschichte — haben
Sie verstanden?«

»Vollkommen. Und wo wohnt jetzt der Reisende?«

»Bei seinen kleinen Nichten, die ihn trotz seiner Armuth
sehr gut aufgenommen haben. Da er aber anfangs bei seinem Bruder Cadet zu logiren gedachte, so kann man dorthin gehen und nach ihm fragen.«

»Sehr schön. — Wo ist dieser Gaspard ans Land
gestiegen?«

„In Havre — er ist erst seit fünf Tagen in Paris."

„Genug — nun wissen wir, was wir zu thun haben. Juanita wird vorangehen, ich werde nachfolgen."

„Sie müssen aber erst noch drei Tage vergehen lassen, damit es nicht aussieht, als wäre es verabredet."

„Seien Sie unbesorgt. Geben Sie uns die Adresse des Herrn Cadet Braillarb."

„Hier ist sie, ebenso wie der Name des Bruders, der aus Amerika zurückgekommen ist. Ich habe alle Angaben, die Ihnen von Nutzen sein können, auf dieses Papier nie=bergeschrieben. Was gedenken Sie zu thun?"

„Das weiß ich noch nicht, aber verlassen Sie sich auf mich. Wenn man Ihren Reisenden nicht für einen Millionär hält, so wird es nicht meine Schuld sein."

„Ich verlasse mich auf Sie. Ich meinerseits werde nach Bordeaux an einen meiner Freunde schreiben, damit er an Herrn Gaspard Braillarb einen Brief schreibe und diesen an seinen Bruder Cadet couvertire. Madame Cadet wird wissen wollen, was man von Bordeaux an ihren Schwager schreibt — da erwische ich sie!"

„Wenn wir unsere Aufgaben gelöst haben werden, bitte ich mir eine Flasche Madeira aus, aber auch solchen, der aus Indien zurückgekommen ist."

„Das ist nicht mehr als billig, Meister Cottentin — Sie sollen ebenso zufriedengestellt werden, wie die gute Juanita."

„O, ich, mein Kleiner, ich verlange nichts, ich freue mich schon zu sehr, Ihnen überhaupt gefällig sein zu können."

„Ich danke — auf balbiges Wiedersehen!"

Samsonnac verläßt Meister Cottentin und entwirft im

Gedanken schon das Concept zu dem Briefe, den er seinem Freund in Bordeaux schicken will, damit dieser einen ähnlichen an Herrn Gaspard Braillard unter der Adresse seines Bruders Cadet schreibe.

Am nächstfolgenden Tage gegen zwei Uhr Nachmittags erscheint Juanita mit Hilfe ihrer alten Toilette aus der Zeit ihrer Theatertriumphe so elegant als möglich herausgeputzt, und mit einem Hute auf dem Kopfe, über welchen sie einen noch ziemlich schönen schwarzen Schleier geworfen, bei Herrn Cadet Braillard und wünscht Herrn Gaspard Braillard zu sprechen, der kürzlich aus Californien zurückgekehrt ist.

»Herr Gaspard wohnt nicht hier,« antwortet Julie, die Zofe, in dem impertinenten Ton, welchen die Diener annehmen, wenn sie von einer Person sprechen, mit welcher, wie sie wissen, ihre Herrschaft kein großes Aufhebens macht.

»Er wohnt nicht hier!« sagt Juanita mit der Miene des Erstaunens. »Und dennoch hat er uns hieher adressirt!«

»Das ist wohl möglich, aber meine Herrschaft wollte nichts von ihm wissen und hat ihn ersucht, sich anderwärts einzunisten.«

»Einzunisten!« hebt Juanita in empfindlichem Tone wieder an; »ich glaube Herr Gaspard Braillard habe nicht nöthig, sich irgendwo einzunisten. Aber kurz, wo wohnt er denn jetzt?«

»Was weiß ich? bin ich vielleicht die Magd dieses Herrn oder seine Pförtnerin, daß ich seine Adresse wissen müßte?«

»Aber Mademoiselle, ich muß dennoch erfahren, wo ich Herrn Gaspard Braillard finden kann, die Sache ist sehr wichtig. Ich weiß, daß ich hier in dem Hause seines Bruders bin, und es ist unmöglich, daß sein Bruder nicht wisse, wo er in Paris wohne.«

Juanita hatte mit Fleiß immer lauter gesprochen.

Eine Thür öffnet sich. Madame Cabet tritt aus dem Salon und nähert sich, indem sie sagt:

»Was ist das für ein Lärm? — Man schreit ja hier, als wenn man auf dem Fischmarkt wäre! Was will diese Dame?«

»Sie fragt nach Herrn Gaspard Braillard — ich habe ihr gesagt, daß er nicht hier ist. Nun will sie seine Adresse wissen.«

»Mag er wohnen, wo er will — das geht uns nichts an,« sagt Madame Cabet, und setzt gleich darauf hinzu: »Und übrigens glaube ich, Madame kann keine sehr wichtige Angelegenheit mit einem Menschen zu verhandeln haben, der aus Amerika arm wie Hiob zurückgekommen ist.«

»Arm!« ruft Juanita aus; »o Madame! dann irre ich mich und wir sprachen nicht von einer und derselben Person! Der Herr, nach dem ich frage, ist reich — außerordentlich reich — er hat sich in Californien ein bedeutendes Vermögen erworben — seit fünfundzwanzig Jahren ist er nicht in Frankreich gewesen, wo er mehrere Brüder zurückgelassen hatte, und er sagte uns, nach seiner Ankunft würde er bei seinem Bruder, Herrn Cadet Braillard, logiren. Allerdings, wenn man ihn sieht, würde man nicht errathen, daß er ein Millionär ist, denn er kleidet sich nicht viel besser als ein Matrose, wie es aber scheint, ist er ein Original, der gern die Leute hinters Licht führt. — Entschuldigen Sie, Madame — ich will mich anderwärts erkundigen.«

»Warten Sie boch, Madame,« ruft Madame Cabet, die Juanita mit der gespanntesten Aufmerksamkeit angehört hat und sich jetzt beeilt, ihr einen Stuhl zu präsentiren; »Sie sind hier wirklich bei Herrn Cabet Braillard, der einen Bruder Namens Gasparb hat, welcher vor sechs Tagen aus Amerika zurückgekehrt ist.«

»Ja, und der in Havre ans Land gestiegen ist.«

»Er sollte wirklich bei uns wohnen — aber er gerieth in einen kleinen Wortwechsel mit seinem Bruder —übrigens aber glaube ich, Madame, daß er Sie belogen hat, wenn er gesagt hat, er hat Reichthümer in Californien erworben. Vielleicht wollte er Geld von Ihnen borgen.«

»O, durchaus nicht; daß er sehr reich ist, weiß ich von einem unserer Geschäftsfreunde in Havre, bei dem er bedeutende Geldsummen deponirt hat. Ich will Ihnen sogleich sagen, welches Geschäft ich mit diesem Herrn abzumachen habe. Ich bin Theatercorrespondentin — früher war ich selbst Directrice — man verlangt von uns nach Bordeaur fremde Tänzerinnen, neue Talente, um einige Abwechs- lung in die Einförmigkeit der Ballets zu bringen. Herr Gasparb erwartet in dieser Angelegenheit in Havre ein vielleicht in diesem Augenblicke schon angekommenes von ihm beladenes Schiff, welches außer vielen werthvollen Waaren auch mehrere junge und schöne Tänzerinnen aus Indien, sogenannte Bajaderen, mitbringt, für welche er die Ueberfahrt nach Frankreich bezahlt hat. Diese Bajaderen haben die Absicht, ihre Kunstfertigkeit auf dem Theater zu zeigen, und Herr Gasparb hat versprochen, sie mir sogleich nach ihrer Ankunft zuzuschicken, denn ich gedenke sie sofort für das große Theater in Bordeaur zu engagiren. Man

verlangt sie mit lautem Geschrei von mir und deswegen
muß ich durchaus Herrn Gaspard Braillard sprechen, denn
diese indischen Tänzerinnen sind ihm sehr dankbar und
hegen zu ihm das größte Vertrauen, und ich weiß, daß sie
kein Engagement eingehen werden, ohne ihn erst zu Rathe
zu ziehen.«

»Wohlan, Madame, da Ihnen so viel daran liegt,
meinen Schwager zu sprechen, denn er ist es wirklich, von
dem die Rede ist—uns versicherte er freilich, er habe keinen
Heller in der Tasche und er sah auch wirklich so aus — so
glaube ich, Sie werden ihn bei seiner Nichte, Peroline Braillard, im Faubourg Saint-Denis, Nr. 78 finden.«

»Ich bin Ihnen unendlich verbunden, Madame —
es thut mir leid, Sie so lange belästigt zu haben.«

»Durchaus nichts zu sagen, Madame.«

Juanita macht eine Menge Reverenzen, bei welchen sie
ihre ganze Grazie entwickelt, und verläßt Madame Cadet.
Kaum ist sie hinaus, so sieht die dicke Dame ihre Zofe
an und sagt zu ihr:

»Nun, was denkst Du davon, Julie?«

»Ich denke, Madame, daß diese Frau eine Schwätzerin,
eine Gaunerin ist, die Ihnen blos eine Menge Lügen vor-
gemacht hat. Ich halte die ganze Sache für ein abgekartetes
Possenspiel. Wahrscheinlich versteht sich diese Frau mit Ihrem
Schwager, der gegenwärtig glauben machen will, er sei
reich.«

»Das ist wohl möglich — aber wenn nun doch alles
wahr wäre?«

»Haben Sie das Kleid dieser Dame angesehen — es
war verschossen — fadenscheinig — altmodisch —«

»Bei einer Frau, die zum Theater gehört hat, ist dies durchaus nicht zu verwundern.«

»Aber warum hätte der Bruder unsers Herrn, wenn er reich wäre, so wenig Gepäck bei sich geführt?«

»Wenn er die Absicht hatte, uns zu täuschen — uns sein Vermögen zu verhehlen —«

»Und warum sollte er es verhehlen? Wenn man Vermögen besitzt, so rühmt man sich desselben eher, als daß man es verhehlt.«

»Es gibt so wunderliche Leute — so seltsame Sonderlinge — ach, wie ärgerlich ist es mir jetzt, daß ich diese Dame nicht nach ihrem Namen und ihrer Adresse gefragt habe — dann hätte ich zu ihr gehen und mich näher erkundigen können.«

»Ach, lassen Sie doch, Madame, — es wäre Schade um die Mühe — alles dies sind nichts als elende Lügen!«

Sobald als Herr Cadet nach Hause kommt, verfehlt seine Frau nicht, ihm zu erzählen, was geschehen ist. Der ehemalige Apotheker verkriecht sich mehr als jemals unter seine Perrücke, und denkt lange nach, ehe er spricht. Endlich sagt er:

»Es sollte mich durchaus nicht wundern, wenn Gaspard uns hätte etwas weiß machen — uns seinen Reichthum verhehlen wollen. Er war von jeher ein Spötter und Spaßvogel. Schon als er noch ganz klein war, ersann er immer eine Menge Lügen und lachte uns dann aus, wenn wir uns von ihm hatten anführen lassen.«

»Alles dies hätten Sie mir eher sagen sollen, Herr Cadet — wenn man einen Bruder hat, der gerne lügt, so setzt man seine Frau davon in Kenntniß.«

»Er hat ja mit uns fast von weiter nichts gesprochen, als von den guten Mahlzeiten, die er in Amerika gehalten, von den vortrefflichen Weinen, die er getrunken — wenn er arm gewesen wäre, so hätte er nicht so flott leben können.«

»Herr Cabet, Sie martern mich durch die Betrachtungen, die Sie da ganz zur Unzeit und viel zu spät anstellen. — Na, endlich muß die Wahrheit doch an den Tag kommen.«

Als ihr Stiefsohn zur Stunde des Diners nach Hause kommt, sagt Madame Cabet in weniger unfreundlichem Tone als sonst zu ihm:

»Ist dein Onkel Gaspard immer noch bei — bei den Kindern Abriens?

»Ja, Madame.«

»Wie haben sie ihn denn unterbringen können?«

»In einer kleinen Dachkammer, die sie nicht brauchten.«

»Und er befindet sich wohl dort?«

»Sehr wohl.«

»Und er ißt bei deiner Cousine Peroline?«

»Ja, Madame.«

»Aber wie können denn diese Kinder, die, wie man sagte, so arm, so unglücklich waren, diese neue Ausgabe bestreiten?«

»Das weiß ich nicht. Dennoch glaube ich, mein Onkel hat ihnen Geld gegeben.«

»Geld! — Ach ja! die 'fünfzehn Sous, die er täglich zu verthun hat.«

»Das weiß ich weiter nicht, gewiß aber ist, daß mein Onkel Gaspard sich seiner eigenen Erklärung zufolge bei den Kindern seines Bruders sehr wohl und glücklich fühlt.«

„Ah, er scheint also sehr glücklich zu sein."

Madame Cabet sagt weiter nichts, aber sie ist den ganzen Abend sehr nachdenklich. Sie schilt auf ihren Mann, auf die Kinder und in der Nacht träumt sie, ihr Schwager Gasparb sei ein Goldklumpen, den die Kinder Abriens auf die Münze tragen.

Zehntes Capitel.
Der Geldsack.

Vier Tage nach Juanita's Besuch erscheint Meister Cottentin, sehr anständig gekleidet, mit der Brille auf der Nase und unter seinem weiten Paletot etwas anscheinend sehr Schweres haltend, bei Herrn Cabet, und fragt die Dienerin, ob er nicht mit Herrn Gasparb Braillarb sprechen könne, der, wie man ihm gesagt, bei seinem Bruder wohne.

Seit diesem Besuche der Dame, welche Bajaderen haben wollte, hat man Julien gesagt, daß wenn wieder Jemand käme, um mit dem Schwager zu sprechen, oder nach ihm zu fragen, sie sich beeilen solle, ihre Herrschaft davon in Kenntniß zu setzen.

Sie beginnt daher jetzt damit, daß sie Herrn Cottentin in den Salon treten läßt, dann eilt sie, Madame zu benachrichtigen, die sehr bald in Begleitung ihres Mannes herbeikommt, welcher in seinen schönen Schlafrock so hermetisch eingewickelt ist, wie ein Schweizerkäse in Papier.

„Sie wünschen meinen Schwager Gasparb Braillarb zu sprechen, mein Herr?" fragt Madame Cabet, indem sie Cottentin einen Stuhl präsentirt. Cottentin aber setzt sich nicht, sondern thut, als hätte er sehr eilig und antwortet:

»Mein Gott, Madame, es thut mir leid, Sie und den Herrn gestört zu haben. Ich will Ihre Zeit durchaus nicht mißbrauchen. Ich muß mit Herrn Gaspard Braillard selbst sprechen — ist er vielleicht abwesend? In diesem Falle werde ich ein anderes Mal wiederkommen.«

Herr Cadet schickt sich an, das Wort zu ergreifen und murmelt:

»Mein Herr — mein Bruder ist —«

Aber weiter kann er nichts sagen, denn seine Frau beeilt sich, ihn zu unterbrechen:

»Mein Herr, unser Bruder wohnt nicht mehr bei uns, wie dies auch schon vorher verabredet war. Er hat seine Dispositionen geändert, aber haben Sie die Güte, uns zu sagen, was Sie ihm mitzutheilen haben, und wir werden es ihm treulich zu wissen thun.«

»Zu sagen habe ich ihm nichts, sondern ihm etwas zuzustellen — etwas sehr Wichtiges.«

Und indem Cottentin dies sagt, zieht er unter seinem Paletot einen Sack hervor, der mit Thalern und Goldrollen vollgestopft zu sein scheint, und der, als er ihn auf den Tisch setzt, ein für das Ohr sehr angenehmes Klirren hören läßt.

Herr und Madame Cadet sehen erst den Sack, dann Eins das Andere und dann wieder den Sack an, und diese Pantomime dauert ziemlich lange.

Meister Cottentin hebt wieder an:

»Es handelt sich um eine Summe von vierundzwanzigtausendfünfhundert Francs, die ich auf Ordre meines Banquiers in Bordeaux, welcher mir Deckung dafür über-

sendet, Herrn Gaspard Braillard gegen seine vorschrifts-
mäßige, gesetzlich giltige Quittung zustellen soll, denn Sie
begreifen, daß, wenn man eine so bedeutende Summe bezahlt, man alle Formalitäten beobachten muß. Ich habe sie
mitgebracht — sie befindet sich richtig abgezählt in diesem
Sacke — es sind dreiundzwanzigtausend Francs in Gold und
fünfzehnhundert Francs in Silber. Dieses letztere Metall
wird jetzt ungemein rar — ich weiß gar nicht, was man
damit macht. Da indessen Herr Gaspard Braillard nicht
mehr hier wohnt, so will ich meinen Sack wieder mitnehmen, und der Adresse folgen, welche Sie mir gefälligst be-
zeichnen werden, denn Sie wissen doch wohl seine jetzige
Wohnung.«

»Aber, mein Herr, ruhen Sie doch erst ein bischen
aus — der Sack muß sehr schwer sein. Fünfzehnhundert
Francs in Silber, das wiegt schon viel, und dann ist auch
noch das Gold darin — das ist auch schwer.«

Mit diesen Worten streckt Madame Cadet rasch die Hand
nach dem Sacke aus, den sie betastet und emporhebt.

Der Geschäftsanwalt war aber zu schlau, um nicht
alle seine Vorsichtsmaßregeln getroffen zu haben. Es war
in dem Sack für zweihundert Francs Silber in Fünffran-
kenstücken. Diese Münzen bildeten gewissermaßen die Schale,
während der Kern aus Sousrollen bestand. Ueberdies war
der Sack sorgfältig mit Bindfaden geschnürt, so daß er nicht
von selbst aufgehen konnte.

Madame Cadet hat die Fünffrankenstücke gefühlt und
läßt, überzeugt, daß man sie nicht täuscht, den Sack wieder fallen, indem sie sagt:

»Ja, das ist außerordentlich schwer. Aber entschuldi-

gen Sie, mein Herr, wenn ich mir erlaube, einige Worte
an Sie zu richten. Wenn es sich um einen Schwager han=
delt, so wird unsere Neugierde Ihnen nicht am unrechten
Orte erscheinen —«

»Sprechen Sie, Madame, genieren Sie sich nicht.«

»Könnten wir erstens erfahren, mit wem wir das Ver=
gnügen haben, zu sprechen?«

»Mein Name ist Cottentin, Geschäftsanwalt, früher
Advocat. Ich beschäftige mich mit Verschaffung und Unter=
bringung von Geldern. Mein Bureau ist Rue Saint=Hya=
cinthe=Saint=Michel, Quartier Latin, welches ich seit mei=
nen Studentenjahren nicht verlassen habe. Ich bin dort
auch, wie ich mir schmeicheln darf, vortheilhaft bekannt.«

»Wir zweifeln nicht daran, mein Herr, — also ein
Banquier von Bordeaux schickt diese bedeutende Summe
unserem Schwager?«

»Ja, Madame, — ich werde von meinem Geschäfts=
freunde sehr oft mit dergleichen Dingen beauftragt.«

»Mein Herr, wenn wir von allem diesen überrascht zu
sein scheinen, so liegt der Grund davon darin, daß unser
Schwager, der so eben aus Californien zurückgekehrt ist,
uns seine wohlhabenden Umstände verschwiegen hat. Weit
entfernt, uns von denselben in Kenntniß zu setzen, hat er
uns gesagt, er kehre ganz arm und ohne einen Heller in der
Tasche zurück.«

»Ja,« sagt Herr Cadet, »mein Bruder hat uns po=
sitiv versichert —«

»Still, still, mein Freund, ich habe das dem Herrn ja
so eben gesagt. Es ist unnöthig, es ihm nochmals zu sagen.«

»Ich muß Ihnen gestehen, Madame, daß alles dies

mich nichts angeht. Das ist nicht meine Sache. Ich bin mit
einer Commission beauftragt — ich führe sie aus. Ich habe
diese Summe Herrn Gaspard Braillard zuzustellen, der in
Havre mit dem aus San Francisco zurückkehrenden Schiffe,
die »Belle-Côte«, gelandet ist.«

»Ganz richtig — so hieß das Schiff, welches meinen
Schwager nach Frankreich zurückgebracht hat.«

»Jetzt, Madame, haben Sie die Güte, mir zu sagen,
wo ich Herrn Gaspard Braillard finden werde, damit ich
ihm diese Summe zustelle — ich habe nicht viel Zeit — ich
habe noch so viele andere Geschäfte zu besorgen.«

»Mein Herr, wenn Sie uns dieses Geld balassen wol=
len, so würden wir uns anheischig machen, es meinem
Schwager zuzustellen — mein Mann würde Ihnen eine
Quittung ausstellen.«

Meister Cottentin lächelt, indem er antwortet:

»Madame, ich ziehe die Ehrlichkeit Ihres Herrn Ge=
mals eben so wenig in Zweifel als die Ihrige. Der Herr
Gemal besitzt aber sicherlich genugsame Geschäftskenntniß,
um zu wissen, daß, wenn es sich um eine beträchtliche Summe
handelt, die man der Person selbst bezahlen soll, man sich
nicht mit der Quittung eines Andern begnügt —«

»Das ist richtig,« murmelt Herr Cabet, »wenn man
an die Person selbst bezahlen soll —«

»Schweigen Sie doch, Herr Cabet! — Ich habe es
wohl gehört! — Dann, mein Herr, werden Sie unsern
Schwager bei Mademoiselle Peroline Braillard, Blumen=
macherin, Faubourg Saint=Denis, Nummer 78, finden.«

»Unendlich verbunden — es thut mir leid, Sie gestört

zu haben, mein Herr und Madame — ich habe die Ehre, mich Ihnen zu empfehlen.«

Meister Cottentin hat seinen Sack wieder unter seinen Paletot genommen und verläßt sofort das Haus.

Herr und Madame Cabet bleiben eine Weile einander gegenüber stehen und sehen einander an.

Der Herr wagt nicht das Schweigen zuerst zu brechen, sondern zieht sich die Perrücke über die Ohren. Endlich hebt Madame an:

»Nun, Herr Cabet, Sie sagen ja gar nichts! Sie sehen, daß wir von meinem Schwager hinters Licht geführt worden sind und nun stehen Sie ganz verdutzt da.«

»Was verdutzt! — Ich warte auf deine Meinung, Doria.«

»Haben Sie denn nicht selbst eine?«

»O ja. Arm kann mein Bruder Gaspard nicht sein, da er vierundzwanzigtausend fünfhundert Francs bezahlt erhielt. Dies ist meine Meinung.«

»Ja. Aber wenn dieser Mann uns nun belogen hätte? Allerdings hat er uns seinen Namen genannt und seine Adresse gegeben.«

»Julie! Julie!«

Die Zofe, welche schon längst an der Thüre horchte, tritt sofort in den Salon. Ihre Herrin sagt zu ihr:

»Julie, dieser Mann, den Du so eben gesehen, brachte vierundzwanzigtausend fünfhundert Francs für meinen Schwager.«

»Ich weiß es wohl, Madame.«

»Woher weißt Du es schon?«

»Nun — man — man sprach doch ziemlich laut und ich war in der Nähe der Thüre — ich hörte —«

»Wohlan, Julie, glaubst Du immer noch, daß jene Dame, welche wegen der Bajaderen da war, uns Lügen gesagt habe?«

»Ja, das weiß ich nicht — aber haben Sie sie denn gesehen diese vierundzwanzigtausend Francs?«

»Ich habe Sie betastet, ich habe den Sack emporgehoben, ich habe die Thaler gefühlt.«

»Aber dieser Herr sah für einen Mann, der so viel Geld bringt, ziemlich schäbig aus.«

»Es ist ein Geschäftsagent und ein Geschäftsagent hat nicht Zeit sich lange zu putzen, auch braucht er nicht schön zu sein, im Gegentheile, wenn er ein schöner Mann wäre, so würde er an Thorheiten denken und sich nicht mit seinen Angelegenheiten beschäftigen. Er heißt Cottentin.«

»Ach, so heißt die Gegend, wo die fetten Ochsen herkommen.«

»Diese Julie kommt mir vor wie der heilige Thomas — sie glaubt an nichts.«

»Na, die Sache kommt mir komisch vor — weiter nichts.«

»Und ich sage, daß die Sache sehr beunruhigend wird. Wenn der Schwager wirklich reich ist, so ist es zu beklagen, daß wir uns mit ihm veruneinigt haben.«

»Du warst es, die sich mit ihm veruneinigte, Doria.«

»Ich! Nun ja, ich sehe einen Menschen, der eine ganze Terrine von Nerac verschlingt, der nur drei Bissen davon macht, der da trinkt wie ein Bürstenbinder! Und dann sagt uns dieser Mensch, daß er sehr arm aus Amerika zurückgekommen ist, und daß er bei uns beherbergt und beköstigt zu werden gedenkt. Ich sollte meinen, ein solcher Mensch hätte eben nicht viel Verführerisches für uns haben können!«

»Dieser verteufelte Gaspard, er hat uns zum Besten gehabt! Ich sage Dir nochmals, daß er von jeher gern die Leute anführte.«

»Und nun wohnt er bei den Kindern deines Bruders Adrien — wissen Sie, mein Herr, daß dies meinen Kindern Exupère und Aurora unendlich viel Schaden bringen kann?«

»Das ist auch meine Meinung.«

»Zum Glücke geht Ihr Sohn Isidor oft zu seiner Cousine Peroline.«

»Ach, jetzt findest Du, daß dies ein Glück ist?«

»Versteht sich. Durch ihn werden wir erfahren, woran wir uns zu halten haben, denn man wird doch wohl wieder eine Annäherung herbeiführen müssen. Du kannst mit beinem Bruder doch nicht immer uneinig bleiben.«

»Nein, das kann ich nicht — das ist auch meine Meinung.«

»Ach, es wird mir ordentlich übel mit deiner Meinung!«

Und Madame Cabet verläßt den Salon, indem sie ihrem Manne einen zornigen Blick zuwirft. Während des Diners befragt sie ihren Stiefsohn, dem sie gegenwärtig beinahe Freundschaft bezeigt:

»Isidor, besuchst Du immer noch deinen Onkel Gaspard?«

»Ja, Madame.«

»O, es sei ferne von mir, Dich deswegen zu tadeln —
er ist dein Onkel und Du bist ihm Rücksichten schuldig.«

»Ja,« sagt Herr Cadet, »wir sind weit entfernt,
Dich deswegen zu tadeln.«

»Um Gottes willen, Herr Cadet, lassen Sie mich doch
mit Ihrem Sohne sprechen und unterbrechen Sie mich nicht
unaufhörlich. — Mein Schwager wohnt also immer noch
bei — bei deiner Cousine Peroline?«

»Ja, Madame, es gefällt ihm dort sehr.«

»Ah, es gefällt ihm dort — dennoch muß er sich dort
ziemlich nothdürftig behelfen — er schläft in einer Dachkammer —«

»Er sagt, er befände sich sehr wohl da.«

»Weißt Du vielleicht, ob er den Besuch einer Dame
in einem Rosahute, mit einem schwarzen Schleier, erhalten
hat?«

Isidor, der das Wort hat, antwortet:

»Ja, Madame, meine Cousine sagte mir, es habe
eine Dame nach meinem Onkel gefragt und lange mit ihm
gesprochen.«

»Isidor, Du wirst heute Abends zu deiner Cousine
gehen.«

»Mit dem größten Vergnügen, Madame.«

»Du wirst Dich, ohne Dir etwas merken zu lassen, erkundigen, ob im Laufe des heutigen Tages ein Herr nach
deinem Onkel Gaspard gefragt, ob dieser Herr ihm einen
Sack Geld zugestellt hat, und morgen, ehe Du in das Col-
legium gehst, wirst Du mir Antwort sagen.«

»Ich werde nicht ermangeln, Madame.«

Am Abende verfehlt Isidor nicht sich zu Peroßnen zu begeben.

Außer seinem Onkel findet er hier Samsonnac, der eben bei Meister Cottentin gewesen war. Er erfuhr daher Alles, was im Laufe des Tages geschehen war, und ward in Bezug auf das, was er seiner Stiefmutter antworten sollte, ausreichend instruirt.

Madame Cabet läßt, sobald sie aufgestanden ist, ihren Stiefsohn rufen, und fragt ihn nach dem Ergebnisse seines Besuches bei Peroline.

Isidor sagt ihr, daß ein Herr, der einen Sack getragen, welcher sehr schwer zu sein geschienen, am gestrigen Tage bei seinem Onkel Gasparb gewesen ist, und dieser ihn mit sich hinauf in seine Schlafkammer genommen hat, und daß beim Wiederherunterkommen der Herr nichts mehr getragen hat.

»Dann bestätigt sich Alles,« ruft Madame Cabet. »Wir müssen uns durchaus wieder mit ihm aussöhnen. Isidor, Du wirst heute Abends zu deinem Onkel Gasparb gehen; Du wirst ihm sagen, es thäte mir leid, daß ich mich von meiner unglücklichen Lebhaftigkeit hätte hinreißen lassen. Ich hätte an diesem Tage eine Migräne gehabt, welche mir die Gedanken verwirrt hätte, kurz, ich bäte ihn, keinen Groll gegen mich zu hegen, und sein Bruder Cabet ließe gemeinschaftlich mit mir ihn ersuchen, seine Wohnung bei uns zu nehmen — das Zimmer für ihn stünde völlig bereit, und dein Vater habe nicht mehr die Absicht, es zu seiner Bibliothek zu machen — mit einem Worte, wir erwarteten ihn mit der lebhaftesten Ungeduld. Verstehst Du mich?«

»Ja, Madame, ich werde Ihren Auftrag aus-
richten.«

»Gehe vor dem Diner hin, dann erfahre ich um so
eher die Antwort deines Onkels.«

»Ich werde nicht verfehlen, Madame.«

Isidor, der abermals seine Instruction erhält, kommt
wieder und sagt zu seiner Stiefmutter:

»Ich habe meinen Onkel Gaspard gesprochen. Ich
habe alles an ihn ausgerichtet, was Sie mir aufgetragen
hatten, und ihm den lebhaften Wunsch zu erkennen gegeben,
den Sie hegen, ihn seine Wohnung bei uns nehmen zu
sehen.«

»Nun, und was hat er geantwortet?«

»Daß er Ihnen unendlich Dank schuldig sei. Er bittet
Sie, zu glauben, daß er wegen der Unfreundlichkeit, womit
Sie ihn behandelt, nicht den geringsten Groll gegen Sie
hege.«

»Schön, schön, dann nimmt er also an —«

»Nein, er weigert sich. Er sagt, er befinde sich bei
meiner Cousine Peroline zu wohl, als daß er Lust haben
sollte, seine Wohnung zu wechseln.«

Madame Cadet beißt sich ärgerlich in die Lippen, indem sie ausruft:

»Ah, er fühlt sich zu wohl — eigenthümlicher Geschmack! — einer Dachkammer vor einem eleganten Zimmer
den Vorzug zu geben! Deine Cousine Peroline hat ihn also
bezaubert, deinen Onkel Gaspard — hm! — sie ist klüger
gewesen, als wir — sie hat die Wahrheit sofort errathen.«

»Mein Onkel scheint allerdings die zärtlichste Anhänglichkeit an meine Cousine zu besitzen, auch Rosinetten und Leopold überhäuft er mit Liebkosungen.«

»Ja, ja!« sagt die dicke Dame bei sich selbst, »Alles wird den Kindern Abriens in den Hals fahren und die meinigen werden nichts bekommen.«

Und sie entläßt ihren Stiefsohn sehr unzufrieden mit dem Resultat des Auftrages, den sie ihm ertheilt hatte. Dann sucht sie ihren Gatten auf und sagt:

»Mein Herr, Sie werden sich doch wohl wieder mit Ihrem Bruder aussöhnen müssen —«

»Mit dem größten Vergnügen, Schätzchen.«

»Du wirst ihn morgen besuchen — Abends, denn, wie es scheint, ist er beinahe den ganzen Tag nicht zu Hause. Ich würde selbst hingehen — wenn er nicht bei diesen Kindern wohnte, die ich nicht leiden kann. Indessen, da man politisch sein muß, so wirst Du den Mädchen einige Kuchen mitnehmen — Du kannst sogar einen Hanswurst kaufen, den Du dem kleinen Knaben geben wirst — einen kleinen Hanswurst für zwanzig Sous — das ist genug.«

»O, gewiß — vielleicht finde ich einen für zwölf Sous.«

»Nein, mein Herr, machen Sie sich nicht gar zu lumpig — seien Sie liebenswürdig — umarmen Sie Ihren Bruder in meinem Namen. Wenn er durchaus nicht wieder hierherkommen und bei uns logiren will, so laden Sie ihn für morgen zu Tische ein und versprechen Sie ihm von Ihrem Vorbeaur so viel er trinken will — ich glaube nicht, daß er dann widersteht.«

»Ich denke es auch nicht — das ist meine Meinung.«

»Besonders aber, mein Herr, sagen Sie ihm nicht,

daß Sie etwas davon wissen, daß er reich ist — hüten Sie sich wohl — das hieße Alles verderben.«

»O sei unbesorgt, Doria, ich werde ganz schlau zu Werke gehen, ich will ihn schon aushorchen.«

»Nein, horchen Sie ihn nicht aus — ich verbiete es Ihnen. Begnügen Sie sich, viel Freundschaft zu bezeigen und thun Sie, was ich Ihnen sage, aber nicht mehr.«

»Du willst also nicht, daß ich ihm etwas davon sage, daß Jemand mit einem Sacke Geld nach ihm gefragt hat?«

»Kein Wort von allem diesen — wir thun als ob wir diesen Mann nicht ausgefragt hätten, als ob wir nicht wüßten, was er bei Ihrem Bruder gewollt hat — verstehen Sie mich?«

»Vollkommen — wir wissen nichts — das ist meine Meinung.«

Eilftes Capitel.

Herr Cadet als Abgesandter.

Man war bei den Kindern Adriens versammelt. Der Onkel Gaspard hatte seinen Neffen Leopold auf den Schooß genommen, wie er dies alle Abende nach dem Diner zu thun pflegte. Rosinette saß vor einem kleinen Fußbänkchen neben ihrem Onkel. Peroline saß auf der andern Seite des Tisches mit Nähen beschäftigt. Isidor saß neben ihr, der gemeinsame Freund Melchior Samsonnac stand mitten unter allen und man war eben beschäftigt, die Veränderungen zu besprechen, welche die von ihm ersonnene List schon in der Laune der Madame Cadet hervorbrachte, als man an die Thür pochen und dann eine näselnde Stimme rufen hörte:

»Ich kann nicht deutlich sehen — ich weiß nicht, wo ich anpoche — ich will zu Mademoiselle Peroline Braillarb.«

»Das ist mein Vater!« sagt Isidor.

»Mein Onkel Cadet — er kommt hierher!« ruft Pe=roline. »Oeffne schnell, Rosinettchen!«

Die Kleine eilt zu öffnen und Herr Cadet erscheint, unter dem Arm einige in Papier gewickelte Kuchen und in der Hand einen kleinen Polichinell haltend. Er tritt in das Zimmer, sieht Alle mit der einfältigen Miene, die ihm eigen=thümlich ist, an, und sagt:

»Ich bin es — da bin ich, guten Abend, Alle zusammen — guten Abend, Bruder — bist Du noch böse auf mich? Du weißt, daß es nicht meine Schuld ist, wenn meine Frau Dir unangenehme Dinge gesagt hat. Ich kann nichts dafür.«

Gaspard lächelt und bietet seinem Bruder die Hand, indem er zu ihm sagt:

»Nein, nein, ich bin nicht mehr böse — ich habe keinen Groll gegen Dich — Du läßt Dich von deiner Frau be=herrschen, die nicht gut ist — das ist nicht recht von Dir — aber es ist einmal so und Du wirst nun auch nicht anders werden. Na, gib mir die Hand und sprechen wir von all diesem weiter nicht.«

»Ach, ich danke Dir, Bruder — willst Du, daß ich Dich im Namen meiner Frau umarme?«

»Nein, es lohnt nicht der Mühe.«

Herr Cadet nähert sich nun Perolinen und überreicht ihr die Kuchen, indem er zu ihr sagt:

»Guten Abend, liebe Nichte; es ist lange her, daß ich Dich nicht gesehen habe —«

»Das ist wohl wahr, mein Onkel, aber es ist nicht meine Schuld.«

»Ganz recht, es ist nicht deine Schuld — es ist die meinige oder vielmehr die meiner Frau, welche nicht zugeben wollte, daß ich Dich besuchte — heute aber schickt sie mich selbst hierher. — Ach, wie launenhaft doch die Frauen sind! — Willst Du diese Kuchen annehmen? — Sie sind nicht mehr warm — aber sie sind es gewesen.«

»Ach, mein Onkel, ich danke Dir — Du bist zu gütig.«

»Durchaus nicht. Uebrigens führe ich die Befehle meiner Frau aus — Du wirst auch deiner kleinen Schwester davon geben — wo ist sie denn, die kleine Schwester?«

»Da bin ich, lieber Onkel.«

»Ach, guten Abend, Kleine — Rosa —«

»Rosinette, lieber Onkel.«

Ach ja, ich hatte vergessen— befindest Du Dich wohl, Kleine?«

»Sehr wohl, mein Onkel.«

»Sie sieht verschmitzt aus, diese Kleine — es ist sonder= bar — sie hat durchaus kein albernes Ansehen.«

»Das nimmt Dich Wunder, lieber Onkel — sehen denn deine Kinder albern aus?«

»O nein, im Gegentheile, wenn sie albern aussähen, wem wären sie da nachgeartet? — aber es muß doch auch noch ein kleiner Knabe da sein.«

Peroline stößt ihren kleinen Bruder und sagt zu ihm:

»Leopold, geh doch, und umarme deinen Onkel.«

Der Knabe nähert sich ihm mit schüchterner Miene, aber Herr Cadet zeigt ihm den Polichinell und läßt denselben sogar vor dem Kleinen tanzen, indem er zu ihm sagt:

*

»Hier, mein Junge, hast Du auch etwas — einen schönen Polichinell — na, ich hoffe, daß er Dir gefällt —«

»O ja — ich danke, lieber Onkel.«

»Meine Frau — beine Tante — sagte mir, ich sollte Dir ein Spielzeug kaufen. — Ja, so sind wir, wenn wir einmal freigebig werden —«

Und Herr Cabet sieht, indem er sich umdreht, sich seinem Sohne gegenüber, den er begrüßt wie einen Fremden, dann ruft er plötzlich:

»Ach, wie albern ich doch bin — es ist ja mein Sohn — ich glaubte es wäre Jemand —«

»Bin ich denn Niemand für Dich, mein Vater?« sagt Isidor lächelnd.

»O ja, aber Du begreifst wohl, daß ich nicht nöthig habe, Dich zu grüßen.«

»Nun, ich für meine Person freue mich sehr, Dich hier zu sehen, lieber Vater.«

»Wirklich? Mir ist es auch nicht unangenehm und ich — ich —«

Herrn Cabet's Augen haften auf Samsonnac, den er noch nicht bemerkt hatte, weil bei seinem Eintritte der junge Mann sich in einen Winkel des Zimmers zurückgezogen hatte.

Der ehemalige Apotheker begrüßt Melchior, der seinerseits ihm tiefe Reverenzen macht, dann sagt er zu seinem Sohne:

»Wer ist der Herr?«

»Ein Freund von mir, lieber Vater — er ist Weinmäkler.«

»So so, mich dünkt, als hätte ich diesen jungen Mann schon gesehen. Ja, ich kenne ihn an seinem Haare wieder. Waren Sie

nicht einmal bei mir, mein Herr, um mir Champagner anzubieten?«

»Allerdings, mein Herr,« antwortet Samsonnac vortretend; »ich hatte einmal die Ehre, aber Ihre Frau Gemalin fand meine Preise übertrieben hoch.«

»Das ist wahr — ja, meine Frau fand ihren Champagner zu zwei Francs fünfundzwanzig Centimes gut genug.
Dennoch muß ich gestehen, daß Madame Rogille, eine Nichte,
die kürzlich mit einer ihrer Freundinnen auf unserem Landhause bei uns binirte, unsern Champagner nicht gut fand —
diese Dame kritisirte ihn.«

»Das wundert mich nicht, mein Herr — diese Damen
verstehen sich darauf.«

»Ja, meine Nichte bewegt sich viel in der großen Welt
— Gaspard, hast Du unsere Nichte Augusta, die Tochter
Desiré's, schon gesehen?«

»Ja, ich habe sie gesehen — sie ist eine schöne Frau —
doch schien sie mir sehr kokett zu sein.«

»Sie gehört zu jenen Frauen, welche man stolz ist am
Arme zu führen.«

»Das kommt auf den Geschmack an, lieber Freund —
was mich betrifft, so wäre ich viel stolzer darauf, meine
Nichte Peroline am Arme zu führen.«

Indem Gaspard das sagt, drückt er einen Kuß auf
die Stirne des jungen Mädchens, die ihn mit Dankbarkeit
anblickt.

Herr Cadet betrachtet Peroline einige Augenblicke lang
und hebt dann wieder an:

»Ja — ja — meine Nichte Peroline ist sehr hübsch —

ich sage durchaus nicht das Gegentheil — aber sie ist nicht
so fein gekleidet wie Augusta.«

»Nein — anstatt aber ihren Vater durch ihre thörichten
Ausgaben zu ruiniren, arbeitet diese unablässig, um ihren
Bruder und ihre Schwester zu ernähren. Findest Du, daß
die Wage immer noch zu Gunsten der Madame Rogille
ausschlägt?«

Herr Cabet zieht sich seine Perrücke mit beiden Händen
über die Ohren und murmelt nach einigen Secunden:

»Ich glaubte, es würde diesen Abend regnen — aber
es hat nicht geregnet.«

Dann schaut er sich ringsum, betrachtet das Zimmer
und ruft aus:

»Wie zum Teufel aber könnt Ihr denn Alle in diesem
Zimmer wohnen?«

»Wir haben noch eine kleine Küche, lieber Onkel, und
auch noch ein Cabinet, in welchem mein Bruder schläft.«

»Nun, und Du, Gaspard?«

»Ich, ich schlafe hier oben darüber und befinde mich
ganz schlau.«

»Hier oben darüber — das muß ja eine Dachkammer
sein.«

»Was thut's, wenn sie nur gut schützt und wenn ich
bequem darin schlafe.«

»Ach, lieber Bruder, mach, doch nicht fortwährend
Späße! — In einer Dachkammer kannst Du Dich unmöglich wohl befinden — blos um uns etwas weiß zu machen,
thust Du so.«

»Ich — ich habe niemals die Absicht gehabt, Dir etwas
weiß zu machen.«

„Na, ich will weiter nichts hierüber sagen, denn meine Frau hat es mir verboten. Ich versichere Dir aber, daß Du ihr großes Vergnügen machen würdest, wenn Du deine Wohnung bei uns nähmest."

„Du wirst mir erlauben, dies zu bezweifeln. Deine Frau hat mir das, was sie in dieser Beziehung denkt, zu deutlich auseinandergesetzt."

„Sie hatte gerade an jenem Tag eine heftige Migräne."

„Und die könnte sie wieder bekommen, wenn ich bei ihr wäre."

„Also Du willst durchaus nicht bei uns wohnen?"

„Ich befinde mich hier ganz wohl bei diesen Kindern, die so freundlich gegen mich sind — bei meiner Nichte Peroline, deren Benehmen meine Bewunderung erregt. Ein junges Mädchen, welches den ganzen Tag unablässig arbeitet, damit es ihren Geschwistern an nichts fehle — die auf jedes Vergnügen, auf jede Zerstreuung verzichtet, um die Bedürfnisse ihrer Pflegebefohlenen zu befriedigen."

. „Lieber Onkel, ich bitte Dich — ich habe weiter nichts gethan als meine Pflicht —"

„Das ist wohl möglich, liebe Nichte, aber die Andern haben ihre Pflicht nicht gethan. Doch nur Geduld — ich hoffe, daß dein wackeres Benehmen dereinst belohnt werden wird."

Während sein Bruder spricht, läßt Herr Cabet den Polichinell seines kleinen Neffen tanzen — als Gaspard fertig ist, dreht er sich nach ihm herum, indem er sagt:

„Meine Frau hat mir aufgetragen, Dich morgen zum Diner einzuladen und Dir zu sagen, daß Du von unserm Medoc so viel trinken könntest, als Du wolltest. Du weißt, daß mein Medoc famos ist — wir rechnen auf Dich."

»Nein, rechnet nicht auf mich — ich kann von Eurer Einladung keinen Gebrauch machen. Ich speise nicht wieder bei Leuten, welche mir vorwerfen, was ich bei ihnen gegessen habe.«

Diesmal wird Herr Cabet ganz roth und stammelt:

»Mein Bruder — es scheint mir —«

»Nicht in Bezug auf Dich sage ich das,« beeilt Gasparb sich zu antworten; »so geizig könntest Du nicht sein, das weiß ich — aber deine Frau! — O, mit dieser ist es etwas Anderes! — Deine Frau hat mir Dinge gesagt, die man nicht so leicht vergißt, wenn man ein Herz im Leibe hat.«

»Ich glaubte, Du hättest ihr verziehen — wir wären wieder ausgesöhnt —«

»Mit Dir, ja — mit deiner Frau, nein.«

»Dann willst Du also nicht morgen zu uns zu Tische kommen?«

»Nein, mein Freund, bestehe nicht weiter darauf, es wäre vergeblich.«

»Natürlich, sobald es vergeblich ist, sehe ich nicht ein, warum ich weiter darauf bestehen sollte. Dann lebe wohl, Gasparb!«

»Du verlässest uns schon?«

»Du gehst so schnell wieder fort, lieber Onkel?« sagt Peroline, indem sie Herrn Cabets Hand ergreift. Dieser betrachtet das junge Mädchen einige Augenblicke, indem er mit halber Stimme sagt:

»Ich muß gestehen, daß mein Sohn keinen schlechten Geschmack hat. Ich glaubte nicht, daß Du so hübsch wärest

— doch lebt wohl — ich muß gehen — meine Frau wünscht das Resultat meines Besuches sehr bald zu wissen — sie wird allerdings nicht sehr zufrieden damit sein — aber gleichviel — sagen muß ich es ihr.«

»Du wirst uns aber wieder besuchen, nicht wahr, lieber Onkel?«

Rosinette und Leopold vereinigen ihre Bitten mit denen Perolinens, indem sie zu Herrn Cabet sagen:

»Ja, Du wirst wiederkommen — Du mußt wiederkommen, lieber Onkel — wir sind Dir auch recht gut.«

Isidors Vater wird durch die Zutraulichkeit von Seiten dreier Kinder, gegen die er sich so gleichgiltig gezeigt, beinahe gerührt und er stammelt:

»Ja, ich werde wiederkommen — meine Frau müßte denn — indeß gegenwärtig glaube ich, sie wird es zufrieden sein. — Abieu, lieben Kinder — adieu, Bruder — gute Nacht Alle zusammen!«

»Mein Herr,« sagt Samsonnac, indem er sich vor Herrn Cabet tief verneigt, »haben Sie die Güte, Ihrer Frau Gemalin zu sagen, daß mein Champagner fortwährend zu ihrer Verfügung steht.«

»Ich werde nicht verfehlen, mein Herr, das heißt, ich glaube es wird nichts nützen — doch gleichviel, ich werde es ihr sagen.«

Herr Cabet ist fort. Er beeilt sich, nach Hause zurückzukehren, und theilt seiner Frau das Resultat seines Schrittes mit.

Die dicke Dame ist wüthend, als sie hört, daß ihr Schwager alle ihre Annäherungen zurückweiset und daß er nicht einmal ihr Diner annehmen will.

»Da steckt etwas dahinter!« sagt sie zu ihrem Manne. »Wiederhole mir einmal alles, was dein Bruder Dir in Bezug auf jene Kinder gesagt hat.«

»Er sagte, Perolinens Handlungsweise — er hielt ihr eine förmliche Lobrede — er scheint ganz vernarrt in sie zu sein —«

»Na, zur Sache, was sagte er?«

»Nun, er sagte, ihre Handlungsweise würde später einmal belohnt werden.«

»Da haben wir's! Nun sieht man Alles ohne Brille. Perolinen wird er sein ganzes Vermögen oder wenigstens einen großen Theil desselben vermachen — den Rest den beiden andern Kindern und die meinigen werden nichts bekommen. Dieses ganze schöne Geld wird ihnen vor der Nase weggenommen, und Sie finden dieses nicht abscheulich, mein Herr?«

»Allerdings; das heißt, wenn mein Sohn Isidor seine Cousine Peroline heiratete, so würde das nun sehr vortheilhaft für ihn sein.«

»Das glaube ich wohl — wie schade, daß mein Crupère noch so jung ist.«

»Ah, ich vergaß Dir zu sagen, daß ich bei meinen Nichten jenen jungen Weinmäkler begegnete, der so starkes Haar hat, der einmal hier war, um mir Champagner anzubieten.«

»Und der, glaube ich, Melchior Samsonnac hieß.«

»Ganz recht.«

»Was machte denn der bei Abriens Kindern?«

»Wie es scheint, kennt er sie, und übrigens ist er auch ein Freund von Isidor.«

»Hm! er sah mir sehr impertinent aus, dieser kleine
Herr, er hatte das Ansehen eines boshaften Spaßmachers,
seine Gegenwart bei dieser Peroline, sein Verhältniß zu
Ihrem Sohne, alles dies erweckt argwöhnische Gedanken
in mir.«

»Wie so denn?«

»Wenn Julie Recht hätte, wenn wir die Opfer einer
Intrigue wären — mit einem Worte, wenn Ihr Bruder
Gaspard in der That mit weiter nichts als seinen fünfzehn
Sous aus Amerika zurückgekommen wäre — ha, welch eine
Dummheit würden wir begehen, wenn wir uns erböten,
ihn bei uns wohnen zu lassen!«

Herr Cabet zieht seine Perrücke, scheint tief nachzuden-
ken und schnäuzt sich endlich, indem er sagt:

»Ich habe nicht gesagt, daß Gaspard reich sei, Du hast
es gesagt, Doria.«

»Wie, ich habe es gesagt? Ich habe Dir den Besuch
jener Frau erzählt, die mir fast aussah wie eine Seiltänzerin,
später hast Du eben so gut wie ich den Herrn gesehen, der
mit einem Sacke kam, er hatte auch ein eigenthümliches
Gesicht dieser Herr.«

»Aber Du hast ja den Sack befühlt.«

»Ohne Zweifel habe ich ihn befühlt, das Aeußere,
hineinfahren konnte ich ja nicht — es waren Thaler darin,
aber für vierundzwanzigtausend Francs —«

»Weil das Uebrige in Gold war.«

»Angeblich. Ach, alles dies ist sehr eigenthümlich, ein
Mann, der ein Millionär wäre und Gefallen daran fände,
in einer Dachkammer zu schlafen, das ist nicht natürlich.«

»Na, es ist sogar ganz erstaunlich.«

»Wenn er wirklich reich ist, so ist es nicht möglich, daß er lange so fortfahre, es zu verbergen.«

»Ich sehe auch nicht ein, weshalb er es immer verhehlen sollte. Andererseits aber, wenn er arm ist, wie kommt es dann, daß er sich weigert, bei uns zu wohnen?«

»Daran dachte ich eben auch, Doria. Alles dieses ist schwer zu erklären. Warten wir die Ereignisse ab.«

»Ja, warten wir die Ereignisse ab, dieser Meinung bin ich auch.«

Ende des dritten Theiles.